Náufragos

Fernando Molica

© Copyright 2023 by Fernando Molica
Todos os direitos desta edição reservados à Malê Editora e Produtora Cultural Ltda.
Direção: Francisco Jorge & Vagner Amaro

Náufragos
ISBN: 978-85-92736-78-1
Edição: Vagner Amaro
Foto de capa: Niltim Lopes
Capa: Dandarra Santana
Diagramação: Maristela Meneghetti
Revisão: Thaís Velloso; Carla Post

Texto revisado segundo o novo Acordo Ortográfico da Língua Portuguesa.
Proibida a reprodução, no todo, ou em parte, através de quaisquer meios.

Dados internacionais de catalogação na publicação (CIP)
Vagner Amaro – Bibliotecário - CRB-7/5224

M721n	Molica, Fernando
	Náufragos / Fernando Molica. — 1. ed. — Rio de Janeiro : Malê, 2023.
	114 p.
	ISBN 978-85-92736-78-1
	1. Contos brasileiros I. Título.
	CDD B869.301

Índices para catálogo sistemático: 1. Literatura brasileira: Contos B869.301

Editora Malê
Rua Acre, 83, sala 202, Centro. Rio de Janeiro (RJ)
www.editoramale.com.br
contato@editoramale.com.br
Impresso pela Editora Malê em junho de 2023

Sumário

Vizinho 5
Cheirosa 11
Retorno 17
Rival 23
Trajetos 31
Tiozão 37
Saudação 43
Gritos 49
A barra 55
O quadro de Courbet 57
Quando o samba acabou 63
Anéis 69
Naufrágio 73
Doce 79
Tamborim 81
Mar 91
Bons tempos 95
Lição 103
Sabor a mi 107

Vizinho

Primeiro, o susto. Enquanto eu digitava a infinidade de números e senhas que garantiriam a transferência do dinheiro, o sujeito entrou no mesmo salão recheado de uma dezena de caixas eletrônicos. Sujo, maltrapilho, cor de pele indefinida por manchas e camadas de fuligem e poeira, calçava chinelo em um dos pés, o outro estava descalço. As tranças formadas pela falta de corte e lavagem ultrapassavam a altura do seu ombro, confundiam-se com os pelos da barba e do bigode. As roupas, camisas e calças sobrepostas, rasgadas, acomodavam-se com certa ordem naquele corpo; até pelo tempo em que estavam ali pareciam saber bem onde ficar. Havia também o cheiro, morrinha característica da falta de banho.

A chegada dele mudou o foco de minha irritação, das minhas preocupações. O homem, sujo daquele jeito, vestido com aquelas roupas, decidiu se postar em frente ao caixa que ficava ao lado do meu. Ficamos assim, a menos de um metro do outro, apartados por uma pequena barreira de acrílico, discreta e quase inútil separação entre os equipamentos. Só nós dois no salão que lembrava a cabine de comando de naves espaciais de antigos seriados. Perigo, perigo, perigo!, vontade de imitar o robô covarde da TV quando se via diante do desconhecido. Até então, eu cumpria a rotina mensal de, à noite, no limite de dia e horário, ir a um caixa eletrônico e transferir parte do dinheiro que me sobrara pra conta do filho da puta responsável pelo fato de sobrar tão pouco dinheiro na minha conta.

Uma obrigação decorrente da falência do tal grande negócio que não tinha chance de dar errado — sopa no mel, mamão com açúcar, deveria ter desconfiado dessas duas espúrias combinações. Nunca vi alguém colocar sopa no mel, mamão com açúcar não passa de uma grotesca redundância. Até tomei alguns cuidados, conversei, consultei, avaliei. País crescendo, muita gente entrando no mercado de consumo, Cristo decolando na capa daquela revista inglesa. Como o major que cavalgou a bomba atômica no filme no Kubrick, pendurei-me no pescoço do Redentor — foi como cair do alto do Corcovado. Quebramos em menos de um ano, tive que passar a devolver, todos os meses, o dinheiro emprestado pelo meu sócio. Eu não tinha alternativa, não havia chance de negociação, delação premiada, acordo de leniência, tornozeleira eletrônica, conversa com ministro de tribunal superior. Ou depositava ou perderia meu último patrimônio, o nome — até por quanto tempo? — limpo na praça. As instituições financeiras funcionavam normalmente.

    Mas sócio, dívidas, além de projetos e país fracassados deixavam de ter importância desde a entrada do vizinho que, com sua presença, me ameaçava; bastaria que estivesse armado com uma faca ou um estilete pra me obrigar a desfalcar ainda mais a minha conta. E se ele, evidentemente um louco, resolvesse me atacar com a arma que, eu suspeitava, trazia escondida sob as muitas vestes? Não haveria como negociar com aquele sujeito parado diante da máquina. Qualquer movimento meu poderia ser interpretado como ofensa, agressão. Melhor fingir que nada acontecia. Eu teria de seguir o roteiro que me obrigava a transferir aquele dinheiro, todos os meses retardava ao máximo a tarefa, mas precisava cumpri-la, deixar pro dia seguinte implicaria mais despesas, juros, multas. O jeito era achar que tudo estava normal.

Nesta cidade tão violenta, entrar numa sala cheia de caixas eletrônicos não chega a ser uma experiência tranquila. Principalmente fora do horário de expediente, à noite. A gente nunca sabe se aquela pessoa que ali ao lado é um cliente ou não passa de um assaltante à espera da próxima vítima. Certeza mesmo, só a do medo compartilhado — em condições normais, qualquer um treme nas bases ao notar que outra pessoa entrou no salão de caixas eletrônicos, e teme ser assaltado. Um morre de medo do outro. Diante das máquinas, agimos como jogadores de futebol, basquete ou vôlei que, pra resguardar segredos táticos ou pra xingar alguém, põem a mão perto na boca quando falam algo. Nos caixas, a mão em conchinha é usada pra dificultar a visão do teclado onde digitamos senhas e chaves de acesso, combinações numéricas capazes de liberar o acesso às nossas contas, aos nossos saldos; gostamos de acreditar que cinco dedos em curva serão suficientes pra impedir um golpe.

Conhecemos as regras do jogo, o jeito de nos comportarmos naquelas antessalas de agências. Confiamos também que tudo dará certo, afinal, estamos entre semelhantes, isso não é pouco numa sociedade tão desigual. Ali, em tese, todos somos alfabetizados, todos temos contas correntes e algum dinheiro depositado. Na pior das hipóteses podemos estar no vermelho, mas em condições de sacar alguma grana, de pagar uma conta. Há um mínimo denominador comum entre nós. Como agir quando ali, ao seu lado, não há um cidadão como os que costumam frequentar caixas eletrônicos, mas alguém que jamais deve ter tido conta bancária, nunca viu o nome impresso num cartão magnético, não passou pela experiência de sacar dinheiro numa daquelas máquinas? Um felizardo: não precisou raspar suas economias pra sustentar um filho da puta que lhe desgraçara a vida. Sorte a dele, pelo menos neste último quesito. Não perdera casa, carro, não estivera ameaçado de, depois de quebrar, ir pra cadeia pelo atraso de alguns dias no pagamento da pensão da filha. Ou, sei lá, vai ver que ele também, no passado, foi vítima de um golpe como o que me atingiu, início de seu processo de degradação. Como num antigo comercial de vodca, eu posso ser ele amanhã.

A ausência de conta, de cartão e de crédito não o impediu de começar a usar o caixa eletrônico. Seus dedos passaram a se revezar no apertar de botões, digitaram números de supostas contas, de indecifráveis senhas, os olhos percorreram a tela em busca de resposta aos tantos impulsos. Ele passou a demonstrar impaciência com a inutilidade de seus gestos, com a ausência de qualquer resultado, seja lá qual fosse o resultado esperado. O balançar de mãos e cabeça traduzia irritação por estar ali, tentando um diálogo com aquela máquina enquanto eu me exasperava com a obrigação de efetuar a transferência. Talvez tenha até lhe dirigido um olhar cúmplice, também tô fodido, mermão. Por um instante cruzamos nossos olhares. Concluí minha tarefa com um golpe desferido com força pelo indicador na tecla verde, ato que encerrava uma nova etapa daquele acinte. Uma tentativa de danificar a máquina, de gerar uma desculpa para um atraso. Movimento acompanhado do grito ritual de Vai, merda, vai! com que eu sempre encerrava aquela cerimônia mensal de autoflagelação.

Ao retirar o cartão e, assim, poder sair de lá, ouvi um barulho seco vindo do caixa ao lado. Ruído bem mais enfático que o provocado pelo meu dedo poucos segundos antes. Algo havia sido quebrado. Olhei à direita e vi que o homem acabara de usar uma pedra pra afundar o teclado da máquina. Ele não trazia uma faca escondida, mas uma pedra, dessas tão usadas no revestimento de calçadas cariocas. A mesma que, em seguida, ele usou pra quebrar a tela do equipamento — pedaços de vidro caíram no painel e no piso. Dei alguns passos pra trás, temi que minha testa fosse o próximo alvo daquele insano, sensação transformada em quase certeza quando ele se virou na minha direção, esboçou um sorriso por entre os pelos que lhe obstruíam a boca, e falou, baixinho, numa entonação surpreendentemente segura

— Vi o que você fez, ouvi o que você disse. Quer que eu quebre a sua também? — E apontou o queixo na direção da máquina à minha frente.

Sorri de volta, fechei os olhos, fiz um leve meneio com a cabeça, sinal de espanto e aprovação. Virei-lhe as costas e caminhei em direção à rua. Deu pra ouvir o som da quebra de mais um teclado. Antes de tomar meu rumo, olhei pra ele e, com um pequeno gesto, agradeci.

Cheirosa

Pelo Aterro, a essa hora, é um engarrafamento só. Pela Praia, nem pensar. Vai por mim, doutor. A gente pega a Lapa, a Mem de Sá, a Paulo de Frontin e cai logo no Rebouças. É mais rápido.

Concordei. Não fazia muita diferença. Ir do Centro pra Zona Sul às seis da tarde é sempre uma bosta, impossível fugir de um engarrafamento. O chato seria ficar ouvindo pagode daqui até lá. Amigo, dá pra abaixar o rádio um pouquinho? Deu. Menos um problema. O lamento que escorria pelas caixas de som — coração faz o que deve, coração pega mais leve — se tornava menos agressivo.

Na Mem de Sá, quase em frente a um ponto de ônibus, ele aproveita o sinal e para diante de um botequim. Coloca o rosto fora da janela e pergunta para um funcionário se ela, hoje, havia aparecido por ali.

Não, não havia.

Fim de tarde, início de noite. Putas e travestis se insinuam pelas calçadas. Ela devia ser uma delas. Mais uma daquelas histórias de homens casados e solitários que, entre chopes, no meio de uma sopa de fim de noite num boteco, conhecem uma puta bonita, jovem e dócil, contraponto óbvio à mulher de casa. Puta que seria promovida a namorada. Um amor que não gera problema, não telefona, não incomoda a esposa, não faz escândalo, não reivindica direitos, não ameaça casamento. Um michê meio santificado; com o tempo, o pagamento pelos serviços sexuais se transforma numa espécie de ajuda pra moça pobre, uma contribuição. Um dinheirinho como aquele que avós dão pros netinhos comprarem doces.

É foda quando a gente gosta de uma mulher, né?

O carro retomara seu movimento havia alguns segundos, o boteco e o sinal tinham ficado pra trás. A frase — meio pergunta, meio constatação — interrompe minhas silenciosas especulações sobre sua suposta amante.

É foda. Repete, talvez animado com alguma cumplicidade vinda do meu olhar capturado pelo espelho. Um olhar entre o óbvio e o patético a que recorremos quando intimidados por alguma daquelas observações de elevador, ditas apenas pra proporcionar a quebra de momentos de silêncio constrangedor e impositivo: como está frio hoje, só tem ladrão no governo, esse Ronaldinho não joga nada, só engana.

Pro senhor ver. Trouxe essa mulher do Norte pra morar comigo (tem sotaque nordestino, reparo). Ela e os dois filhos. Eu estava separado da minha esposa. Fui lá na Paraíba visitar meus pais, conheci a danada e só sosseguei quando ela veio pra minha casa. Dei de tudo pra ela, nunca faltou nada. Casa, comida, roupa, perfume. Como ela é cheirosa, doutor. Eu sabia de longe que ela estava chegando. Só pelo cheiro, pelo cheiro do cheiro, entende? Se a minha cheirosa queria ver um show eu ia lá e comprava os ingressos, nem que tivesse que rodar mais aqui no táxi. Cansei de ir na Rio-Sampa, até no Canecão a gente foi. Alexandre Pires, Molejo, Sorriso Maroto. A gente ia nisso tudo. Como ela gosta de show, doutor. E como dança, samba, se retorce toda. Mas mulher, o senhor sabe, o senhor, com todo respeito, não é mais garoto, deve saber como é mulher, mulher é ingrata, doutor. Mulher é foda.

Meu olhar de aquiescência deve ter sido um pouco mais enfático e sincero.

Não tenho vergonha de dizer que chorei muito por ela. A gente se gostava, vivia muito bem. Precisava só ver a festa que era lá em casa. Quase todo domingo tinha pagode, a gente colocava uma mesa na área, botava umas geladas. E descia churrasco, cozido, feijoada. Como cozinha bem, a danada.

Um cruzamento fechado por outros carros e uma sequência de buzinas interrompem o monólogo. O motorista esbraveja, reclama da má educação do brasileiro. Pede licença para aumentar um pouco, só um pouquinho, o volume do rádio, de onde brotavam dores de algum amor impossível. A choradeira gravada era ainda menos suportável do que a improvisada ao volante. Estimulei a retomada de sua história. Ele abaixou o som.

Por que acabou? Descobri que ela estava me traindo com um vizinho, um cara da loja de material de construção que fica bem frente de casa. Um dia, faz um tempo, eu não sabia de nada, fui na tal loja comprar um sifão pra a pia da cozinha. Aí veio me atender um vendedor que eu não conhecia. Um sujeito novo, todo arrumado, alto, camisa meio aberta, uma fala mansa. E ele, doutor, ele tinha o mesmo cheiro do perfume da minha mulher. Podia ser coincidência, né? Mas o cheiro, aquele cheiro eu conhecia. Só ela que cheirava daquele jeito. Fiquei cismado, até esqueci o que tinha ido fazer lá, só fui comprar o sifão aqui mesmo no Centro, uns dias depois. Fiquei com aquela história de cheiro na cabeça. Não falei nada com ela, mas estranhei. Um dia eu peguei os dois. Estavam na porta de casa, conversando. O cara ficou sem jeito, deu uma desculpa, se picou. Desconfiado, passei a aparecer em casa de repente, sem avisar. Comecei também a seguir a safada. Um dia, de tarde, quando as crianças estavam na escola, ela saiu toda arrumada. Eu fui atrás, de carro, bem de longe, devagarzinho. Não é que ela se encontrou com ele, no meio da rua? Eu não quis nem saber. O sangue subiu e eu parei do lado deles. O cara lá, de banho tomado, de boné, camiseta, esperando a minha mulher no ponto do ônibus. Nem carro ele tinha. Parei bem assim, e perguntei pra onde que ela ia. Sem jeito, ela falou de um negócio em Madureira, compras. Vem que eu te levo. Ela veio. Sozinha, claro. Nem olhou pra ele, fez como se não tivesse marcado nada com o sujeito.

    Ao fundo, outro samba meloso. O cantor suspirava: ela não poderia tê-lo abandonado, que tudo para ele havia se acabado, que não se conformava em ter sido descartado. Os carros mal se moviam, o motorista forçara a mudança de trajeto apenas para passar pelo botequim da Mem de Sá. Poderíamos ter ido pelo Aterro, eu já estaria em Copacabana. Irritado, deixei de me compadecer de suas dores. Cortei conversa, liguei para o trabalho, para casa. Tudo para mantê-lo calado. Tratei de mudar de assunto diante do risco de retomada da lenga-lenga. Perguntei sobre a profissão, futebol. O bolero agora se fazia em torno de lamentos sobre dificuldades de arrumar dinheiro, concorrência pesada, muitos táxis no Rio. Falou de um jogo em que o Vasco havia sido prejudicado pela arbitragem.

    A entrada no túnel impôs silêncio ao rádio e ao motorista. Ao longo quase dois quilômetros, só ouviríamos os motores dos carros e ônibus. Com a chegada da Lagoa, dramas voltaram a emparelhar, a se cruzar: que, na verdade, não tinha sequer a certeza da traição, nunca a vira na cama com o outro. Mas só podia ser isso, doutor. É o que explica ela ter saído de casa, sem confirmar ou negar minha suspeita. Eu perguntava, insistia. Há quanto tempo você me trai, é com aquele cara, né? Por que você faz isso? Você não pensa nas crianças? O que te falta aqui? Um dia, ela saiu de casa, levou os meninos. E, bem-feito, o cara, o tal da loja, nem quis saber dela. Outro dia mesmo eu vi o sujeito, agarrado com uma mulatinha. E ela, a minha cheirosa, agora anda por aí, morando de favor, ela e as crianças. Perdeu tudo. Pra comer, tem que trabalhar de manicure em dois salões, um deles no Centro, bem mixuruca. De vez em quando come naquele bar, o da Mem de Sá. Outro dia mesmo fiquei dando voltas por ali. Vi que ela estava no boteco, bebendo com uma colega. Parei o carro, fiquei olhando pra ela. A colega me viu, falou com ela, que nem se virou. Ainda balançou os ombros, não quis nem saber.

O motorista fixou ainda mais o olhar no trânsito, voltou a aumentar o rádio. Outro pagode. A história de um sujeito que vibra ao ser convidado para o apartamento de uma mulher. Lá, descobre que ela o desejava apenas para a prestação de favores domésticos, o coitado se viu constrangido a fazer serviços de pedreiro, bombeiro, encanador. "Não era amor, era cilada!", gemiam os cantores. Desandei a rir, um riso alto, desproporcional à piada embutida na letra da música. Uma reação justificável apenas pelo contraponto às angústias daquele motorista que, por quase cinquenta minutos, desfiara tantas e tantas dores — eu também embarcara em uma cilada.

Chegamos, finalmente. Paguei a corrida e lhe desejei boa sorte. Que ele encontrasse outro amor ou, quem sabe, né?, se ajeitasse com sua cheirosa.

É claro, tudo vai melhorar, doutor. Nem quero mais saber daquela ingrata. Estou bem melhor, há três dias que não penso nela. Três dias, doutor.

Retorno

Desde que comecei no trabalho, aquela rua era o Ladeirão. Era assim que meus colegas diziam e eu repetia, a entrega é no Ladeirão. Não precisava saber o nome, precisava era ter cuidado, principalmente em dia de chuva, as pedras do calçamento viravam sebo. Mais de um entregador se ferrou ali, tomou tombo, amassou a moto, perdeu as pizzas, ficou no prejuízo. No meu primeiro dia de chuva por lá eu saltei, empurrei a moto, não me arrisquei. Depois, me acostumei com o Ladeirão.

Mas foi só lá pro segundo mês que alguém falou o nome da rua, o nome do Ladeirão. Aí eu lembrei. Caraca, era aquela rua, a mesma que minha vó falava. Não podia ter erro, não tinha como errar, o nome da rua era o nome da favela. Quando cheguei em casa, perguntei pra minha mãe, era aquela a rua, né? Ela nem deu bola, essa mania de perguntar, de querer saber de tudo, de remexer no que passou e ficou pra trás. Sua vó morreu faz tempo, e tudo de que ela lembrava também foi com ela, acabou. Se quiser saber, vai no cemitério e pergunta, ou vai na dona Santinha, que fala com os defuntos. Sei lá de rua, de nome de rua, de nome de favela, de onde a gente morava. Eu era pequena, de colo, não me lembro de nada. Meu irmão, seu tio, ele era mais velho, até devia recordar, mas ele faz tempo que foi encontrar a mãe, também está debaixo da terra. Só lembro daqui, desse conjunto, dessa casa. Era mais bonito quando eu era criança, não tinha essa bagunça, esses meninos armados, nada de baile funk. Mas era longe de tudo, bem longe, até o mar ficava longe, não tinha ônibus, nem asfalto, era estrada de terra. Sua vó dizia que estranhava a distância, a falta de condução, a falta de tudo. Mas isso era com ela, eu só lembro daqui, e quer saber?, queria esquecer até isso aqui.

    Ela não lembra, mas eu lembro, eu que nunca morei lá, nem sonhava em nascer. Lembro do que minha vó falava. De uma ladeira, das casas que desciam o morro, que chegavam na rua, que iam até lá embaixo na outra rua, que faziam a volta num prédio grande, no único dali — era aquele, claro, o mesmo. Falava do posto de gasolina. Da árvore que existia bem no meio do caminho. Dos barracos de madeira, do ai-Jesus de quando chovia, da lama, dos ratos, dos mosquitos. Mas ela também contava que era tudo perto, tinha muita condução, era bom de arrumar serviço, trabalho não faltava, Copacabana era logo ali. Contava da vista, do Cristo, do Pão de Açúcar. Ela contava e eu me atrapalhava, como assim ver Jesus, a vó tá gagá, tá confundindo tudo. E esse pão grandão todo feito de açúcar, isso é coisa de velha pra enganar crianças, pra enrolar os netos. Ela dizia, e como dizia, que era tudo bem tranquilo, não tinha roubo, não tinha tiro, quase ninguém andava armado. Contava que a boca era pequena, quase nem era boca, só um lugar onde uns sem ter o que fazer iam comprar maconha, e tratavam de fumar bem longe dali. Eu achava que tudo isso era mentira, como a história do pão feito de açúcar.

    Mas a vó não parava de lembrar e de dizer que sentia saudade, queria morrer lá. Só não gostava de recordar de quando tiveram que sair, colocados pra correr, obrigados a largar a casa, jogados pra longe feito lixo. Todo ano um aparecia e avisava que ninguém ia ficar, mas o ano é que ia embora, e ninguém saía. Um dia não teve jeito, eles encostaram os caminhões, vieram muitos homens, que gritavam, mandavam, tiravam as pessoas de dentro das casas, derrubavam tudo. Eles ainda falavam que moradores tinham que se dar por satisfeitos, iam ganhar casa com sala-quarto-banheiro-cozinha. Era longe, mas era casa, não era barraco de madeira, teto de zinco. O meu era barraco, mas era a minha casa, repetia a vó, que não queria sair, bateu pé, se jogou no chão, passou até na televisão.

Ela contava, e eu pedia, insistia pra me levar na rua da casa. Ela respondia não, que estava velha, meio cega e capenga, não ia conseguir subir a ladeira, e ficaria triste de voltar lá. Eu que, quando crescesse, tratasse de ir, de conhecer o lugar da nossa casa, o lugar que era nosso. Eu dizia que, quando ficasse grande, ia comprar um carro, e ia levar ela até lá. Um carro grande, forte, que subisse a ladeira. Queria ver onde ficava a casa, a árvore no meio da rua, e queria ver o Cristo, o pão todo feito de açúcar. Queria saber como era morar em barraco de madeira, sem água, sem luz, e sem tiro.

Mas minha vó morreu antes, eu nem havia crescido de todo, nem tinha ouvido todas as histórias que ela falava que ia me contar. Morreu bem antes de saber que eu me enrolei, fiquei amigo de quem não devia, tinha cansado de ganhar merreca, segui outro caminho. Foi desse jeito que, numa correria, me perdi do Jonathas, ele prum lado, eu pro outro. Sorte minha, primeiro foram atrás dele. Eu precisando fugir, me entocar. Como sair dali, porra? Ainda mais assim, todo suado, braço lanhado, cara de quem devia. Tinha pouca gente na rua, mas quem passava desviava de mim. Foi aí que topei com o Ladeirão, com a rua que tinha sido da minha vó. Sem barraco, já sem árvore no meio, cheia de prédio. Rua onde fui de moto, fiz entrega. Então subi, senti que era pra subir. Uma subida pesada, dura, mas o medo dá fôlego, dá força na perna. Subi até onde não dava mais pra subir. Me segurei numa grade e vi que eles vinham atrás de mim, apontaram lá no início da ladeira. Vi também que o porteiro estava do lado de fora. Abre aí, abre aí, mandei, pistola apontada pro portão. Abre aí, caralho! O cara vacilou, mas abriu. Fiz com que fosse pra dentro comigo, e notei que ele tentou apertar um botão, um alarme, uma merda qualquer. sentei o dedo, ele caiu, tiro bem no meio do peito. Com o barulho, começou a gritaria, socorro, socorro, socorro, polícia, polícia. Subi pelas escadas até o primeiro andar. E aí, no corredor, dei de cara com o babaca, cara de morador, cara de dono. Quando me viu, correu pra entrar no apartamento e fechar a porta. Atirei, ele desabou. Pulei por cima dele, entrei, fechei a porta cheia de trancas e chaves. Pelo jeito, o filho da puta tava sozinho em casa. Conferi, ninguém por lá. Abri a geladeira, tinha cerveja, presunto, queijo. Fiz um sanduíche, apaguei as luzes e cheguei perto da varanda. Lá fora, mais gritos, gente correndo ladeira abaixo. E eu sozinho. Dava pra ouvir o barulho das sirenes, eles tinham chegado. Chegado bem na rua, na rua da minha vó, na rua do meu tio, da minha mãe. Chegado na minha rua. Da janela eu vi a polícia, três carros, muita gente, ambulância, o caralho. Eles começaram a entrar no prédio, iam chegar logo-logo no apartamento. Dei a volta, procurei saída, uma janela. Vi que, da área, dava pra pular no mato, mas era alto, tinha tudo pra me foder. Fodido, fodido e meio, que morresse na queda, mas não de tiro, não de porrada que ia tomar se fosse preso.

Pulei, caí no mato, nas plantas, achei que tinha quebrado o braço, machuquei as pernas. Comecei a subir. Mesmo ferrado, no sufoco, corri e olhei em volta, tentei adivinhar onde ficava a casa da vó, onde tinha a birosca. Cadê a capelinha? Lá embaixo, mais barulho, mais sirene, eles atiravam pra cima, pro morro, tentavam me acertar, não me viam, mas atiravam. Uns tiros vinham mais perto, acho que alguns polícias também entraram no mato, atrás de mim, queriam mesmo me pegar, não bastava me assustar, me botar pra correr, pra sair dali. O serviço tinha que ser completo. Talvez me acertassem, talvez eu morresse. Mas, se morresse, ia morrer ali, pertinho do quintal da minha casa, da casa da minha vó.

Rival

O nome que explodia na tela era muito parecido, Argenílson Dimas de Souza Moreira. Quase como o dele, Argenílson Dias de Souza Moreira, Argenílson com *n* e com acento. Aquela ficha cadastral ameaçava a certeza e o orgulho de ser o único Argenílson Dias de Souza Moreira no mundo. Haveria muitos de vida como a dele — metrô cheio, ônibus, trabalho burocrático em salões povoados de computadores, faculdade trancada, quarto alugado na periferia — nenhum com nome igual ao seu. Agora, quase havia; não Dias, mas Dimas. Quase igual.

Babá de rico, respondia ao ser perguntado sobre sua profissão. Como assim? Depois explico. Poucas vezes cumpriu a promessa, preferia o mistério, a não conclusão. Como assim, babá? Você, um homem, babá, de adulto? Um homem que trabalhava, todos sabiam, num escritório no Centro; não faria sentido, portanto, falar em ser babá. O despiste ajudaria talvez a criar alguma expectativa em relação à sua atividade profissional, à função que havia tantos anos exercia. Uma tarefa que, essencial, era chata, desgastante, inglória. Como definir o ato de ficar horas e horas sentado diante de uma tela, atento a alertas visuais e sonoros que remetiam a códigos, números, nomes de pessoas, de estabelecimentos, hotéis, lojas, restaurantes, companhias aéreas e mais isso e aquilo localizados em todo o mundo? Um incessante desfilar aleatório de transações, milhares, milhões, realizadas a cada minuto, a cada instante; sinais, apitos e siglas que determinavam incontáveis e automáticas checagens de perfis, de hábitos de compras, cruzamentos que confirmavam ou descartavam a possibilidade de um cliente, em São Paulo poder, poucos minutos depois, fechar uma compra em Lisboa, ou em Manaus, ou em Miami. Diante de um vestígio de fraude, clicaria num determinado ícone, desencadearia ligação que encontraria alguém em São Paulo, Manaus, Lisboa, Miami ou Pequim. Senhor Francisco Aranha Tornolli Azevedo? Boa tarde, aqui é Nilson, da sua operadora de cartão de crédito, estou ligando apenas para conferir se o senhor acaba de fazer uma compra no valor de 341 dólares.

Era preciso enfrentar a desconfiança, o medo de que a ligação de alerta e checagem não passasse de um golpe disfarçado de tentativa de se evitar um golpe. Daí confirmações, endereços, telefones, filiações. Muitos reclamavam do incômodo, da frequente necessidade de ser obrigado a recitar o que todos vocês deveriam saber. Eu tenho dinheiro, gosto de viajar, de gastar, vocês não deveriam se preocupar tanto assim. De qualquer forma, obrigado. Mas havia também o alívio dos que, graças à ligação, escapavam de prejuízos, da obrigação de arcar com os custos de compras que jamais haviam feito, da trabalheira de recorrer, de provar, de solicitar estorno da despesa indevida. Estes se esmeravam nos agradecimentos, nas manifestações, destacavam o bom papel exercido pela empresa.

Aqueles seus clientes, especialíssimos, platinados, *premium*, *blacks*, viajavam muito, pareciam estar sempre em movimento, incansáveis no gesto de sacar o cartão para pagar jantares em Paris, almoços em Londres, joalheiros em Moscou, comprar eletrônicos em Nova York, adquirir passeios na África do Sul, livros em Madri, passagens de trem pela Europa. Todos os Franciscos, Áureas, Denises, Alfredos, Felipes, Claudias, Júlios, Fernandos, Simones, nomes que se atropelavam, se esbarravam numa sucessão de compras, destinos e possíveis golpes. Mesmo com todos os sistemas de segurança, cruzamentos e checagens, era impossível impedir um ucraniano, um francês, um americano, um belga, um congolês se passar por outra pessoa, se apropriar de números, códigos de segurança e senhas; que, postado diante de um computador, tratasse de fazer o caminho inverso, o de driblar os milhões e milhões de dólares investidos para garantir que bilhões de dólares não fossem desviados. Eles, os desafiadores, ousados a ponto de conseguirem transformar em autopistas todos os esquemas destinados a esburacar e bloquear os caminhos das invasões. Muralhas que ruíam diante da combinação de cliques, cruel e invisível guerra de algoritmos que emergia em incontáveis batalhas travadas por funcionários como Nilson, nome que adotara para simplificar os contatos com os clientes.

Mais fácil falar Nilson, garantia de comunicação direta e simples. Imaginava alguém na Islândia recebendo ligação do Brasil, de um número desconhecido, e de alguém chamado Argenílson. Isso só faria aumentar a desconfiança daquele que deveria proteger. Foi como Nílson que, trêmulo pela coincidência, se apresentou ao quase xará, que confirmaria um pagamento de 14.325 dólares no Royal Davui Island Resort, nas Ilhas Fiji. Sim, fui eu, obrigado pela preocupação, e repetiu o mantra, o vocês deveriam ter se acostumado com esse padrão de gastos. Mas é melhor pecar pelo excesso, não é mesmo? Boa tarde.

Sim, havia no mundo um Argenílson Dimas de Souza Moreira, um Argenílson rico, dono de leve sotaque mineiro. Um Argenílson que levava uma vida nada comum, que viajava muito pelo mundo, que se hospedara no Royal Davui Island Resort, hotel com diárias em torno de 3.000 dólares de Fiji, cerca de 1.400 dólares americanos, mais de sete mil reais. Estabelecimento localizado numa ilha particular, que não tinha quartos, mas *villas*, apenas 16 delas, todas debruçadas num mar de águas turquesa emolduradas pela silhueta de altas palmeiras, como ressaltava a página na internet. E lá, agorinha, há poucos minutos, um Argenílson Dimas de Souza Moreira acabara de fechar sua conta. Pelo valor, ficara, no mínimo, uma semana hospedado ao lado de alguma mulher vinte ou trinta anos mais nova, modelo-manequim de peitos nem pequenos nem grandes, carnes rijas, bunda imensa e dura. Que outras viagens faria aquele quase homônimo, que outros lugares do mundo conhecera, onde jantara, almoçara? Quantas mulheres gostosas ele comera num daqueles paraísos? Quantas vezes cruzara os céus deitado na primeira classe dos aviões, quantos olhares de inveja recebera de passageiros a caminho do curral da classe econômica? Isso, se não fosse dono de um jatinho. Em que trabalhava, quantas empresas possuía, quantas cabeças de gado, fazendas? Era preciso descobrir quem era, o que fazia, como vivia. Correria um risco ao acessar aquela conta, ler os extratos, acompanhar suas despesas, suas idas e vindas. Mas era preciso ver, apurar. Sim, antes de Fiji ele passara por Londres, hospedagem no The Lanesborough ("bairro de Knightsbridge, oferece vista para o Hyde Park"), jantares no Alain Ducasse at the Dorchester ("luxo não opressivo, embaixada da França no coração do Reino Unido") e no Fishers ("aconchegante, casual"). Despesas semelhantes em Paris, Avignon, Beynac-et-Cazenac, Bordeaux. Uma viagem que se estendia por 21 dias desde a última despesa registrada em São Paulo. O Google pouco entregava daquele Argenílson, pelo jeito, um bilionário discreto, pouco afeito à exibição de façanhas, riquezas e gastos. Mas o extrato revelava tudo o que o mecanismo de busca escondia, os muitos deslocamentos, as constantes passagens por Goiânia, Palmas e São Paulo, idas a Brasília, indicações de possíveis pontes entre atividades rurais, financeiras e políticas. Nílson passara a dominar o passado de Argenílson, marca de carro preferida (BMW), lojas de roupas, uma prosaica associação ao programa de sócio-torcedor do Palmeiras — pelo menos aqui, era gente como a gente.

Necessário ver o que ele fazia, tudo aquilo lhe parecia tão próximo, a um reles *m* de distância. Uma simples letra que, intrometida bem no meio do segundo nome, o condenava ao Jardim Ângela, o isolava do Dimas que ganhava o mundo. Sabia do risco de ser demitido ao acessar tantas vezes o extrato daquele com quem quase partilhava a identificação civil, todos os cliques deixavam rastros, pegadas, indicações precisas de quando e por quem cada conta fora vista. Chegou a ser chamado para uma conversa, o supervisor lhe perguntara o porquê das visitas, ele desconversou, falou em perigo iminente, na relevância da checagem. O chefe também o chamava de Nílson, não notara a semelhança de nomes. O susto fez com que diminuísse o acompanhamento da vida daquele associado.

O material que recolhera fora suficiente para traçar roteiros e mesmo um relatório daquela vida alheia. Sabia de todos os movimentos de Dimas ocorridos nos últimos três anos e dois meses. Cidades, países, bares, restaurantes, compras, um passado que tratou de considerar também como seu. Tinha, enfim, um diário relevante, histórias para contar. Graças a pesquisas simples no computador, conhecia quartos, ruas, praças, comidas e vinhos. Torna-se íntimo daquele homem bem-sucedido, namorador — em duas fotos, o vira com mulheres diferentes, espetaculares —, cidadão de um mundo que tornava pequeno com seu dinheiro e seu poder. Na mesa de cabeceira colocara, emoldurada, a foto da praia de areias brancas e água turquesa do resort em Fiji, hotel que possibilitou seu encontro com aquele que poderia ser ele. Era como se o *m* que os apartava esticasse duas de suas pernas para uni-los, para transformá-los em irmãos, sócios, parceiros.

Mas a admiração, aos poucos, começou a ceder. O tal milionário nunca seria seu irmão, sócio ou parceiro, estava mais para rival, usurpador que lhe retirara o direito de ter a vida destinada a ser sua. Como se tivesse lhe tomado o *m* que transformaria sua passagem pelo planeta. A exemplo do apostador que deixa de ganhar um dinheirão porque, no sorteio, saiu o número 43, e não o 44. Pouco importava que fosse impossível falar em sequência lógica no caso de bolinhas identificadas por números, misturadas numa esfera metálica — para um perdedor, 43 era vizinho do 44. Um *m*, apenas um *m*. Mais que uma letra, havia histórias de vida, trajetórias marcadas pela diferença, que, como nos folhetins, separava gêmeos e reservava, para cada um, destinos diversos e mesmo contraditórios. Um, rei; outro, servo, desprovido de tudo de bom que jorrava sobre o escolhido pela sorte. Dimas não era seu irmão, não passava de uma ironia, de uma manifestação cínica, agressiva e mordaz. Viera ao mundo para humilhá-lo, frisar sua miséria, seu emprego estúpido, o metrô, os ônibus, a solidão no quarto de Jardim Ângela, a faculdade abandonada. Dimas roubara-lhe a vida. Numa noite de domingo, depois de comer o último pedaço da pizza comprada no bar da esquina, decidiu se livrar de todos os arquivos que guardavam a vitoriosa trajetória daquele ex-parceiro. Deletou um por um — a foto do resort de Fiji foi rasgada e jogada no lixo; a moldura, cara, seria preservada.

Três dias depois, o nome do rival reapareceria diante de seus olhos, brilhava na tela acompanhando do sinal sonoro que alertava para uma transação suspeita, compra feita presencialmente em Montevidéu, despesa equivalente a 18.753 dólares. Uruguai? Nílson abriu outra tela, checou que, havia menos de uma hora, o associado estivera numa loja de Goiânia, a lista revelava outras despesas na cidade nos últimos três dias. Era impossível que, naquele momento, Dimas estivesse em Montevidéu, tratava-se de uma fraude evidente, era até espantoso que não tivesse sido bloqueada pelo sistema. O bem treinado Nílson direcionou o mouse para o ícone que desencadearia a obrigatória chamada telefônica para seu quase homônimo. Clicou, não demorou para ser atendido. A voz de Dimas explodia nos fones, repetidos gritos de alô. Argenílson Dias de Souza Moreira não respondeu, esperou o interlocutor desligar o telefone, deu um clique no mouse. Sorriu ao ver na tela que o sistema confirmara a autorização para que a compra de 18.753 dólares fosse concluída.

Trajetos

O homem entrou, balançou a cabeça pro motorista, mostrou pro trocador o cartão que liberaria sua passagem pela roleta. Esquivou-se de alguns passageiros, deu três ou quatro passos inseguros até chegar ao banco que eu ocupava, o lugar ao meu lado acabara de vagar. Deixei que se sentasse perto da janela. Nem branco, nem preto; nem bem, nem malvestido. Cara e jeito de um passageiro comum. Ainda na Voluntários, me dei conta de um possível erro. Atordoado, eu, ao embarcar, não prestara atenção nas letras que indicavam detalhes do itinerário. Recorri então ao vizinho de banco, perguntei se o ônibus ia pela praia ou pela Senador Vergueiro. Ele ergueu o queixo, fechou os olhos, abriu a boca de maneira exagerada pra iniciar uma resposta. Não consegui entender nada. As palavras saíram mastigadas, empasteladas. Mas respondeu — com certa convicção, até. Fingi que entendi. Pareceu mais prudente do que pedir pra ele repetir o que tentara dizer. Eu nem deveria ter feito a pergunta, irrelevante diante da tarefa a que me impusera, do que me preparava pra fazer. Poderia ter errado de ônibus. E daí? Andaria mais algumas dezenas ou centenas de metros, teria algum tempo adicional pra refletir. Não, não havia mais o que pensar. A decisão havia sido tomada; se impusera, era inevitável. Não iria comunicar um fim, apenas reconhecê-lo, verbalizá-lo.

Minha indagação, porém, teve o efeito de uma senha, o passaporte que faltava ao passageiro pra se sentir autorizado a fazer perguntas (e, pouco depois, expor certezas). Já não precisava fazer esforço pra falar, sua voz ficou mais límpida, era fácil entender o que ele dizia. O homem que não conseguira me responder sobre o trajeto do ônibus — acho até que simulou voz enrolada e exagero de articulação apenas pra não revelar sua ignorância — mostrou-se interessado em caminhos e destinos. Parecia mais seguro nas perguntas do que nas respostas, quis saber, entre outros, o itinerário de uma linha que ia pro Leme. Fiz como um muxoxo, bem, não sei, mas o Leme fica pra lá, à direita, estamos indo pra esquerda. Queria interrompê-lo, fazer com que parasse de falar. Não me importava com suas dúvidas e certezas sobre caminhos. Não naquela hora, nos momentos que antecediam o anúncio de um desenlace; não havia mais alternativas, possibilidades de mudança de rota. Eu precisava acreditar nisso.

    Ele começou então a se justificar. Utilizava ônibus com frequência, mas praticamente só viajava naquela linha, isso limitava seus conhecimentos sobre caminhos. De Botafogo pra Central, da Central pra Botafogo, todos os dias. Mas, mesmo assim, gostava de saber mais e mais de trajetos, pra dar sempre a informação correta. Porque muita gente lhe perguntava sobre isso. E ele ressaltava: não gostava de ensinar errado, era importante informar de maneira certa, apreciava ser útil.

    As explicações tornavam longa a Praia de Botafogo. O trânsito fluía bem, mas o Catete — meu destino — se anunciava distante. Eu deveria ter saltado e entrado no metrô. Debaixo da terra, ninguém fala muito. Talvez porque lá seja mais difícil encontrar um pretexto pra puxar conversa. Não é possível ver se está chovendo, apenas imagens de túneis e de estações se revezam pela janela. A temperatura é sempre a mesma, o itinerário não oferece margem pra dúvidas, segue-se em frente o tempo todo, melhor ficar mexendo no celular. O metrô teria sido uma opção mais compatível com aquele dia. Precisava de caminhos desprovidos de paisagens e de interlocutores, ansiava por certezas.

O motorista virou à esquerda, trocamos de rua e de bairro. Meu vizinho de banco então reparou em uma jovem negra, meio gordinha, que estava de pé bem ao meu lado. Eu tenho uma filha bonita como essa moça aí, disse. Ela sorriu meio envergonhada, fez um gesto de desconforto, olhou pra baixo, escondeu a face atrás do braço esquerdo, mantido esticado, mão agarrada à barra de apoio que ia até o fim do veículo. Percorreu o ônibus com os olhos, procurou outro lugar pra se encaixar, parecia buscar distância daquele homem que a ela se dirigira de maneira carinhosa e inconveniente. Mas o ônibus ficara cheio, seria complicado sair dali. Ela permaneceu. Engatei uma tentativa de olhar cúmplice, somos vítimas do mesmo algoz, tento dizer. Acho que entendeu quando sorri — não imaginaria sorrir naquele dia —, arregalei os olhos, apertei o canto esquerdo da boca, seta apontada pro o meu vizinho. Procurei ali insinuar algo como tudo bem, não fique tão angustiada, pior é a minha situação, sentado ao lado desse sujeito.

A falta de respostas não o impedia de detalhar suas histórias. Sequer olhava pro lado, não se interessava em conferir se eu prestava atenção no que ele dizia. A tal filha, a parecida com aquela moça, era professora. Na verdade, corrigiu-se, são duas as filhas, ambas professoras. Casadas, graças a Deus. Uma delas, a mais velha, dera-lhe um neto, um menino esperto, levado, parecido com o avô. A outra ainda não engravidou, trabalha muito, nem deve ter tempo pra brincar, namorar, fazer filho. O marido, meu genro, também parece meio desligado, sem muito entusiasmo. Só se anima quando fala da igreja dele, do pastor. Reclamou dos santos lá de casa, queria quebrar o meu São Jorge e o quadro do Sagrado Coração de Jesus da minha esposa. Foi quando ameacei passar a faca nele e naqueles demônios todos de que ele vive falando. Isso faz tempo, foi na época lá do namoro. Onde se viu, quebrar o meu São Jorge? Os santos ficaram, claro, e ele sumiu. Nunca mais botou os pés lá em casa, não passava do portão. Melhor assim. O senhor quer saber? (Não, não queria, mas isso não o impedia de responder.) Nem sei se aquele vagabundo gosta mesmo de mulher, sempre achei que ele era muito esquisito. Deve até ter um caso com o tal do pastor. Maldita hora em que se casou com a minha filha. Mas dela, ó, não tenho do que me queixar. (Santos, demônios. Queria eu poder identificar assim os meus fantasmas. Dar-lhes nomes, classificá-los — este é do bem, o outro é do mal. Definir suas funções, limites e prerrogativas. Saber até onde cada um deles atuava em mim, como fazer pra dominá-los.)

Tem também um filho, um filho bem alto. Costuma até brincar com a mulher, que o rapagão, grande daquele jeito, deve ser filho do padeiro — a moça de pé, a gordinha, sorriu. O filho, soldado da Polícia Militar, enche o pai de orgulho. Um menino sério, honesto, que não se envolve em bandalheira, em confusão. Fico que não me aguento quando alguém vem falar mal de polícia, diz que são violentos, estúpidos, ladrões, e isso, e aquilo. Meu filho não é assim, não é mesmo. É muito fácil falar mal de polícia. Criticar, dar entrevista, fazer confusão na rua. Quero ver é ter coragem de subir morro, correr risco de levar bala de vagabundo. Gosta de bandido? Leva pra casa, cria. A polícia não pode ter medo, não pode fugir. Precisa ver o desespero da minha mulher, não larga do terço quando o menino está no serviço. Reza, reza, reza. Pra ele não se ferir. Pra que nada de mal aconteça com ele. Chega a se ajoelhar diante do

Sagrado Coração de Jesus, aquele mesmo que o meu genro queria quebrar, queimar. Queimar meus santos... Eu é quebrava ele, quero ver se não quebrava. (Quebrar, queimar. Ele não sabe da fogueira em que vivo, da quebradeira que, em breve, logo ali, vou começar. Dos cacos que, em brasa, voarão daquele apartamento, daquela cama, dos meus olhos, dos olhos dela, de todo o meu corpo. A ideia de chamas me assusta. Teria mesmo coragem de atiçar aquele fogo?)

Não tinha do que se queixar dos filhos: duas professoras — casadas, repete — e um soldado da PM. Tem mais: todos religiosos. O menino e a mais velha são católicos, volta e meia vão à missa com a mãe. A mais nova, essa não teve jeito, virou crente, tinha que agradar o marido. Era isso ou não casava. Mas o importante é que todos são religiosos, acreditam em Deus. Todos são muito honestos, muito corretos, decentes. Todos, todos eles.

Neste ponto, o homem calou-se. Virou o rosto para a esquerda, pra a rua. Sua fala parecia ter chegado ao fim, não haveria mais texto a ser recitado. As histórias, tudo indicava, permaneceriam soltas. Eram apenas caminhos, não haveria desfecho. Falara da importância de conhecer itinerários, indicar o ônibus correto, a linha certa. Dar aos outros — companheiros de ônibus, filhos — a boa informação sobre roteiros a serem percorridos na vida. Um ou outro vacilo não invalidava seus esforços. Acertara no principal, seus filhos estavam encaminhados: professoras e policial, guias e vigilante, mestres no ensinar e cobrar percursos corretos. Filhos cristãos, sabedores do nosso verdadeiro e reto destino, do ponto final inevitável para o qual todos nos dirigimos, e que marca o início de uma nova, gloriosa e infinita jornada, amém. Suas mãos agora apertavam a barra sobre o banco à sua frente. Também olhei pra fora, o ponto em que deveria descer se aproximava, procurava um destino próximo, um fim. Suas dúvidas me angustiavam, devolviam-me interrogações. Não haveria outra saída, mais uma tentativa? Eu sabia que não. Inútil tentar me agarrar às certezas ditadas pelo passageiro, que também esconderiam fraturas e fogos.

Ainda assim me enganei, pra ele também haveria um desfecho. O monólogo faria um sentido. O rame-rame preliminar sobre trajetos não passava de uma fábula, história transmitida como lição, um façam o que digo, não o que faço. Depois de alguns minutos, ele virou o rosto pra mim. Sua voz voltou a ficar embolada, as palavras ameaçavam atropelar-se, como na primeira frase que ele dissera, logo depois de pegar o ônibus e de se sentar ao meu lado.

Os meus filhos são bons, mas eu não sou. Eu não presto. Sou um cachaceiro sem-vergonha. Cachaceiro mesmo, eu bebo muito, bebo cachaça, todos os dias, bebo de cair na rua. De cair no meio da rua. Todo dia é assim: saio cedo, prometo que farei diferente. Mas termino desse jeito, bêbado.

Olhos arregalados, a gordinha continha-se pra não gargalhar.

Bebo muito, enchi a cara hoje.

Sucumbi diante da confissão. De alguma forma, me vi na falta de sobriedade, nos caminhos tortos, indefinidos, nas viagens justificadas apenas pelo trajeto, pelo ir e vir. O final de sua história se unia ao começo, à sua entrada naquele ônibus, narrativa que se repetiria no dia seguinte. Como eu naqueles últimos anos — três, quatro —, ele cumpria uma rotina, se julgava incompetente para rompê-la. Bêbado, ele me esfregava na cara a necessidade de saltar, de interromper meu itinerário circular. Não esperei a chegada ao meu ponto. Levantei, empurrei alguns passageiros, sequer me despedi da moça. Pedi ao motorista abrir a porta, assim mesmo, no meio do trânsito. Havia urgência em saltar, em correr.

Tiozão

O milk-shake foi proposital, sacanagem mesmo. Pedi só pra reforçar o óbvio, a diferença de idade que nos unia e separava. Menos de doze horas depois de nos beijarmos pela primeira vez, prestes a partir para uma inaugural e, por mim, última trepada, queria fazer mais uma provocação, cobrar uma espécie de pedágio, de imposto pré-sexo. Sim, dali a pouco estaríamos embolados em um quarto de motel vagabundo no Catete; eu com 23, ele com 52. Eu, tranquila; ele meio tenso, feliz e assustado com a possibilidade de comer uma mulher quase trinta anos mais jovem. A mesma com quem havia acabado de se atracar em pleno domingo de sol num Aterro povoado de casais e crianças. Cena de filme: cheguei atrasada, correndo, e vi o cara sentado na grama, ar de quem fingia não estar nem um pouco preocupado com minha demora. Ao me ver, abriu um sorriso imenso, levantou-se, caminhou na minha direção e me deu um beijo que mereceria ser registrado por um drone que ficasse dando voltas em torno da gente. Papo de filme meloso, sessão da tarde, nós dois agarrados num domingo de sol quase sendo atropelados por crianças que passavam ao nosso lado de bicicleta e skate. Vamos sair daqui, né?, sugeri. Ele concordou.

Quer saber? Concordaria com qualquer coisa. Vamos mergulhar vestidos nessa praia suja? Escalar o Pão de Açúcar? Roubar as bicicletas daquelas criancinhas ali? Claro, sim, por que não? Ele não parecia acreditar estar ali, pra ter certeza de que estava, não parava de me abraçar. Como na véspera, horas depois de nos conhecermos. Quando, lá pelo terceiro ou quarto beijo, resolvi dizer que também pegava mulher. Era verdade, não ia mentir. Mas não precisava contar assim, de cara, na lata. Contei de sacanagem, pra ver a cara dele, até pra ver se eu ia ficar mesmo com aquele tiozinho que me cercava. Ele até que reagiu bem. Quer saber? Desde o início da tarde do dia anterior, quando participamos daquele debate — ele na mesa, eu na plateia —, que parecia desesperado pra ficar comigo. À noite, tão bêbado, não ligaria nem se eu tivesse dito que também saía com marcianos, leões-marinhos ou ursas-polares. Nada faria com que ele desistisse. Mas eu gostei, admito, gostei da não cara que ele fez. Também estava meio bêbada, tinha fumado um, e não tinha a menor vontade de ficar pensando no que podia ou que não podia dizer. Foda-se, a vida é minha, sou jovem, bonita, tenho grana, e, como disse um velho cineasta, tenho o dobro de chance de ficar com alguém numa festa, em qualquer festa — não discrimino, e também não engano ninguém.

Não contei pra ele que, na véspera, tinha dado uma merda. Não disse que o garoto com quem estava saindo não gostou de saber que eu não ia mais sair com ele, ia ficar só com a menina que ia pra cama com a gente. Imagina a cara do cara quando ouviu isso, aquele pau de que ele tanto se orgulhava, que tanto gostava de meter em mim e nela, estava sendo dispensado, expulso da parada. Leva mal não, nada contra você, gato, mas ela prefere ficar só comigo e, quer saber?, acho que também estou mais a fim disso. Fica assim não, rapaz, que cara é essa?, acontece, é assim mesmo. Não contei pro tiozinho que, pela primeira vez na vida, tive medo de um cara que não fosse o meu pai. Sabe aquele instante que, apesar de ser apenas um instante, parece que nunca vai acabar? Foi por aí. O garoto olhou pra mim com raiva, muita raiva. Estava bem triste. Eu me esforçava pra entender a raiva dele, a tristeza dele, a decepção, a dor de corno. Mas não conseguia sentir nada, não tinha o que sentir ou dizer. A gente saía, era bom, divertido, dava o maior tesão. Eu tinha tesão nele, tinha tesão nela, tinha tesão nos dois juntos. Mas agora a história era outra, acabou com um, continua com a outra. Apenas isso, não tem tragédia, não havia razão para isso. Engraçado, o cara logo se tocou que não tinha que fazer drama, pelo menos se tocou de aparentar que não estava fazendo drama. Falou qualquer coisa, apresentou um, fumamos juntos, levantou-se da cama, botou a roupa e saiu. Fez como eu fiz quando outro cara me disse que não queria mais ficar comigo. Justo ele, um dos poucos com quem eu queria ficar, ficar mais, bem mais, ficar até não ter mais vontade de ficar. Também devo ter feito, por um instante, o mesmo ar de raiva — puta que pariu, pra ficar com *aquela* menina? — e de tristeza. Mas não, não era pra ter raiva, não era pra ficar triste. Era pra acender um cigarro, falar uma merda qualquer, colocar a calcinha ainda deitada, botar o resto da roupa, e meter o pé. Fiquei puta uns dias depois quando vi que ele e a garota continuavam a sair, os dois com aquela cara boba de apaixonados. Só de sacanagem, resolvi sair, naquela noite mesmo, com o melhor amigo dele. Foi uma merda, mas foi bom, melhor assim, é assim que tem que ser. Na outra semana, peguei a irmã dele, gostosa pra caralho. Não contei nada disso pro tiozão. Achei que seria um pouco demais.

Na véspera da trepada com o cara-mais-velho-que-meu-pai, fiz o que não faço, não costumo fazer, e não dei pra ele. Por quê? Porque eu não quero, menti, enquanto, no táxi, ele enfiava a mão na minha bunda e me beijava. Quer saber? Não quis trepar porque queria trepar, é simples. Não quis porque, por mais que eu quisesse, a iniciativa tinha que ser minha, não dele, ele que ficasse na mão, se virasse. Queria que ele voltasse sozinho pra casa, que mal dormisse, ficasse pensando em mim a noite inteira. Que se fodesse. De sacanagem, liguei pra ele de madrugada, aticei, disse que ele era foda, queria muito trepar com ele, mas só no dia seguinte. Na cama, ri muito da cara que ele devia estar fazendo naquela hora, e do que ele certamente estava fazendo naquela hora pra conseguir pegar no sono. Demorei a dormir, a esfriar, também estava com tesão, porra. Feitiço que se volta contra a feiticeira. Acontece. Eu também me sacaneio, me provoco.

    E depois do Aterro? O previsível. Fomos para um bar ali perto, pedi o milk-shake, biquei alguns chopes que ele tomava, rachamos um prato — e ficamos feito namoradinhos na mesa. Andamos até o motel vagabundo, entramos no primeiro que vimos pela frente. Achei graça quando o cara da portaria pediu minha identidade — ninguém entrega sua identidade assim, para um desconhecido. E eu sei lá qual é a minha identidade, desde quando tenho apenas uma e definitiva identidade? Como diria minha amiga paulista, entreguei meu RG, um simples documento. O tiozinho ficou entre vermelho e orgulhoso ao perceber que estava num motel com uma menina que parecia ter menos de 18 anos, precisou até provar a idade. Homens são muito babacas.
    Trepamos, fizemos o que queríamos fazer, foi bom, divertido. Estava me vestindo quando me passaram um zap, me chamaram para uma conversa, reunião de grupo da faculdade, aquelas paradas. Partiu, partimos. Ele disse que tinha combinado de comer uma pizza

com a filha e com o filho. Aposto que, no jantar, ele ficou o tempo todo olhando pra cara da caçula, devia ser mais velha do que eu. Será que essa maluca já deu para um cara da minha idade, para um amigo? Será que ela também pega mulher? Tiozão ganhou a tarde, deve ter perdido a noite, ficado sem dormir. Acontece, ele que lute. Nos despedimos na calçada, ele buscou minha boca, ofereci o rosto, achei que o gesto seria suficiente pra ele entender o recado. Ficamos de nos ver um dia desses, não, isso não vai acontecer.

Saudação

Estranhei quando um cara do grupo fez sinal, deu até vontade de passar batido. Noite de sábado, pra lá de onze horas. Embicado no caminho de casa, bem que podia dispensar a corrida. Vacilei, mas parei. Em tempos de uber, de aplicativos com desconto, de tanta pirataria e safadeza, não dá pra abrir mão de passageiro. Eles deviam ir pra ali pertinho, se fossem pra longe teriam usado o celular pra pedir um desses pilantras que estão matando a gente de fome.

Eram em quatro, dois homens, duas mulheres. Levei um susto quando um deles, o careca que se sentou no banco do carona, me disse o destino, Ilha do Governador, quadra da União da Ilha.

— Não acredito, eu moro na Ilha, estava indo agora pra casa — comemorei, falei até meio alto, aquela satisfação de quando tudo dá certo. Era como se eu é que fosse o passageiro do táxi, e eles me pagariam pra me deixar em casa. Hoje é meu dia de sorte.

— Sorte trazida por seu orixá — emendou uma das passageiras, que ficara na ponta direita do banco traseiro. Uma moça assim bem morena, alta, elegante, bonita, tinha reparado nela pelo retrovisor, aquela cara e jeito de pretinha que é alguém na vida. Uma nega que, pelo jeito, estava meio bêbada e que, pela referência a orixá, era do babado.

— Esse encontro de desejos mostra que nossos orixás se entenderam — arrematou. Ela era mesmo da curimba, do santo.

E insistente, meu Jesus, como era insistente. Podíamos conversar sobre o trânsito, o tempo, a roubalheira dos políticos, sobre o Botafogo, o Vasco, a União da Ilha, mas ela insistiu. Desandou a falar da religião, que nada daquilo era coincidência, aquele encontro era resultado de peças que haviam se encaixado por forças superiores, elementos da natureza que exprimiam assim suas vontades. Era filha de Oxum, disse, como se precisasse dizer. Estava na cara, no jeito, na vaidade, na maneira como tratava de se impor. Na forma incisiva como perguntou:

— E qual é seu orixá?

Mais pra provocar, resolvi rebater. E respondi:

— Meu orixá é Jesus.

No espelho, notei a careta feita pelo sujeito que estava entre a moça que falava e a outra mulher, parecia ser namorada ou esposa dele. Pela reação, ele sabia que a conversa corria o risco de degringolar. Eu era capaz de imaginar seus temores, ele esperava de mim uma pregação chata e longa sobre demônios, falsos deuses, umbanda, candomblé, idolatria — um discurso em nome de Jesus. Até ri por dentro. Mas ele não sabia de nada, apenas achava que sabia. Ele não me conhecia.

A filha de Oxum não se deu por vencida, quem disse que elas desistem assim tão facilmente? Depois de alguns segundos calada, ela retrucou.

— Se seu orixá é Jesus, você é filho de Oxalá.

Foi então que resolvi entornar o caldo, mostrar o meu lado, meu time, minha vida. Ela não poderia reclamar, afinal, começara aquela história toda.

— Senhora, eu sou pastor.

O passageiro que estava entre as duas moças afundou no banco, sumiu do retrovisor. O outro, o do banco do carona, passou a olhar pro lado, pra paisagem, prédios velhos, malcuidados e pichados de São Cristóvão. Um cenário que tinha ficado atraente diante da situação que ocorria no carro. Aproveitei o silêncio e engrenei uma nova marcha, de força e de velocidade.

— Mas fui da umbanda, do candomblé. Estudei muito essas religiões, não tenho qualquer preconceito. Deus nos fez livres, quem sou eu pra julgar quem pensa diferente? Troquei porque quis, por dois motivos.

O do banco do carona deu suspiro que poderia ser ouvido na quadra da Ilha, ainda distante. Virou-se pra mim e desandou a falar.

— O importante é que você é tolerante, ao contrário de outros evangélicos. O fundamental é a tolerância.

Era um elogio a mim, e uma evidente crítica a praticamente todos os outros irmãos evangélicos, eu era a exceção à regra, a ovelha sensata do rebanho. Reconheço que muitos irmãos de fé discriminam e agridem umbandistas e condenam os católicos. Mas aquele elogio torto era incômodo, preconceituoso. Mesmo assim, voltei à carga. Falei que não fazia favor ao conviver com a diferença, sempre respeitara o próximo, não discriminava ninguém, na minha igreja havia até três homossexuais. Repeti que tinha sido da umbanda e do candomblé. Mas hoje não precisava fazer trabalho pra ninguém, não precisava acender vela, fornecer luz a qualquer entidade, eu é que passara a receber a luz de Jesus. Ainda frisei, que, nos meus tempos de terreiro, eu não era considerado filho de Oxalá

Reanimada com o novo curso da conversa, a moça falante retomou o fôlego, e insistiu em saber qual era meu orixá. Deixa isso pra lá, respondi. Tentei mudar o foco, expliquei o porquê da minha conversão, falei do dia em que aceitei Jesus. Contei que uma entidade matara minha mãe, também umbandista. Numa cerimônia, ela tinha recebido um recado: ou cumpria determinada obrigação ou seria morta. A entidade falou que, por manter minha mãe em pé, seria capaz de fazê-la deitar. E cumpriu o prometido por conta do trabalho, que não foi feito.

— E o segundo motivo? — quis saber o sujeito do banco traseiro, novamente visível pelo retrovisor.

— Deixa isso pra lá — repeti.

— Não, como assim? — reclamou a filha de Oxum. Estávamos quase chegando ao destino, a conversa não poderia terminar assim. Eu teria que revelar a outra razão que me levou a me afastar da umbanda e do candomblé.

Pressionado, cedi. Fazer o quê? Tinha decidido ficar quieto, mas fiquei com vontade de falar, às vezes sou assim, contraditório — optei pelo caminho reto de Jesus, mas volta e meia cedo à tentação e ao mistério das curvas que escondem os caminhos, revelam rotas desconhecidas.

— Diziam que eu era filho de Logun Edé. Não podia aceitar me vestir de mulher por seis meses.

Diante da revelação, a moça falante abriu seu melhor sorriso, capaz de iluminar todo o carro. Deu pra perceber o clarão vindo daquela boca.

— Agora eu entendi — disse. — Você estava com medo de ser chamado de gay. Besteira, amigo, nem todo o filho de Logun Edé é assim. Começou a explicar o que eu tanto sabia. Filho de Oxóssi com Oxum, Logun Edé, é visto como andrógino, passa metade do ano caçando com o pai, e a outra com a vaidosa mãe, daí essa história de comportamentos diferentes. Daí a história dos homossexuais.

— Isso não era motivo pra você largar a religião — ela disse.

E completou, com um jeito carinhoso, de mãe que quer o filho de volta pra casa.

— Você devia retornar pra curimba.

— Obrigado, mas estou bem onde estou, não tenho por que mudar.

Chegamos à quadra. Corrida paga, a moça — Andréia, ela fez questão de se apresentar — deu a volta no carro, foi à minha janela e disparou:

— Logun ô akofá.

A saudação a Logun Edé chegou certeira como a flecha de Oxóssi. Quando notei, respondia e cumprimentava aquela filha de Oxum, mãe daquele que tinha sido meu orixá de cabeça, tínhamos sido da mesma família.

— Ora iê iê ô — retribuí.

Surpresa com a homenagem àquela que considerava ser sua mãe, ela sorriu de um jeito cúmplice. Virou-se e caminhou em direção à quadra. Acho que nem ouviu quando murmurei um vai com Deus, minha filha, que Jesus te acompanhe.

Gritos

É possível que seja tarde. Mas, mais uma vez, escrevo. Escrevo como já muito escrevi, talvez como nunca deveria ter escrito. Mania de achar que o ato de escrever faz saltar evidências, tornar claros os argumentos e ressaltar todas as razões. Na tela, ao escrever, não gritamos, nos xingamos menos. Palavras vão sendo filtradas no percurso entre o cérebro e a ponta dos dedos — mãos, afinal, ficam mais longe da boca, as frases carregadas de ofensa atravessam alguns outros obstáculos antes de se materializarem, se depuram no caminho. Coordenar o movimento dos dedos, orquestrá-los sobre o teclado, também gera esforço, demanda tempo, provoca alguma reflexão. Aqui sou o primeiro leitor das palavras, que surgem aos poucos na tela. Dá para mexer, apagar, diminuir o peso do que se procura dizer. Não é como um soco verbal desferido na direção dos ouvidos. Não se agarra uma palavra no ar, não se interrompe sua trajetória. Arremessadas, palavras tornam-se definitivas no caminho até o alvo. E assim elas iam, assim elas foram. Assim elas vieram. Por mais que eu pedisse calma.

Agora é minha vez de escrever. Espero que você, que tanto não me ouvia, leia este e-mail, mensagem educada e conservadora, como você. Eu que ouvi tanto sobre minha impaciência, sobre minha incapacidade de ouvir. Eu tanto ouvi você dizer que eu só sabia gritar, como se você também não levantasse a voz. Seu pedido de paz era uma declaração de guerra. Aquela voz se fazia de doce apenas para melhor ressaltar a ferocidade que transportava a sucessão de acusações. Você, o equilibrado, o justo; eu, a mulher insatisfeita; eu, a sempre crítica; eu, a incapaz de ser feliz.

Nunca entendia o porquê de tantas agressões. Éramos felizes, eu achava que éramos. Eu, pelo menos, era feliz. Feliz com você, minha mulher. Feliz com meu trabalho, com minha vida, com a nossa casa. Feliz com uma rotina construída graças ao nosso esforço. Demos duro para alugar apartamento, comprar carro, ajeitar a sala. Como também tivemos trabalho para conciliar nossas diferenças, nossas angústias. Pensei que havíamos superado o que tanto nos separava. Mas bastava algum pequeno vacilo para você me chamar de conformista, de acomodado. Lembra? Você falava em transformar, em impedir que igrejas, nossas igrejas, fossem construídas sobre pedras. Os papas é que gostavam dessa história de construir igrejas sobre pedras. Isso seria para eles, você me dizia, não para nós. Mas eu cansei de viver sobre areia movediça.

Não, eu não era incapaz de ser feliz; se errei foi porque queria muito ser feliz. Feliz mesmo, buscava uma felicidade plena, completa, corajosa. Felicidade que não fosse resultado do medo, da covardia, companheira do deixa pra lá e freguesa dos panos quentes. Felicidade não é resultado, é processo, é busca. O que é bom hoje pode não servir amanhã, melhor que não sirva. Não dá para ser feliz tentando parar o tempo, felicidade não pode ser congelada ou guardada na geladeira. Nunca seríamos felizes na mesmice, reféns da viagem de férias e da pizza do domingo. Será que era tão difícil para você entender isso? Talvez fosse, daí que fui obrigada a gritar, a frisar o meu desespero, minha angústia de não ser compreendida.

Cansei também de ver nossa relação se transformar num campo de provas da superioridade do pensamento dialético. Nunca fui assim tão ciumento, mas não aguentava mais ver o Hegel na nossa cama. Ele roncava, acredite. Era para vivermos numa casa, não num posto avançado da Sorbonne. O Grajaú de 2019 não era o Quartier Latin de 1968, a Engenheiro Richard não tem a ver com o Boulevard Saint-Michel. E haja tese, antítese, síntese e daí um novo e imprevisível debate, outra tese, rosca sem fim, preocupada apenas com o próprio movimento. Revolução permanente, que nos enxotava de apartamentos, de bairros, de empregos, de amigos; que aqui e ali nos apontava a direção de outros sonhos e, mesmo, de outras camas. Nossa revolução não podia ser permanente, temos prazo de validade, sabemos que a morte nos espreita, um dia, haverá de nos pegar. Não somos um país, um grupo político, nossa causa se esgotava em nós mesmos. A revolução teria que ser compatível com o nosso tempo de vida. Só queria ser feliz enquanto desse, enquanto estivesse vivo. Revolução tem que ter compromisso com a vida, e era a nossa vida que estava em jogo.

Gritava para que você acordasse, não se iludisse com aquela paz de cemitérios, de pequenos sorrisos, de alegrias com cara de segunda-feira. Gritava contra suas piadas, suas tentativas de transformar minhas angústias em caricaturas, gritava contra a sua ironia, contra a sua pretensa superioridade masculina. Gritava porque não queria ficar longe de você, do seu corpo, da sua história. Não queria ficar longe do meu homem, do meu companheiro. Mas, sobretudo, não queria ficar afastada do nosso futuro, não queria conjugar o futuro no pretérito. Gritava porque a conquista se dá a cada dia, para ver se você entendia que a vida precisa ter algum sentido, que o melhor prazer ainda virá. Gritava porque minha cabeça se recusava a obedecer à ditadura do corpo que insistia em envelhecer. Não tinha, e não tenho, compromisso com a decrepitude, com o que passou. Queria também tranquilidade e conforto, colo para que te quero! Mas também, colo, para que te quero? Queria uma viagem permanente. Tínhamos ainda muitas viagens pela frente.

Lamento, mas não aguentei o tranco, a marcha do seu exército. Não suportei o caminho, a perspectiva de encarar derrotas como elementos táticos ou estratégicos de um processo, até porque nunca entendi a porra da diferença entre tática e estratégia. Um processo que, desculpe, ganhou ares religiosos, como aquela necessidade de se viver num vale de lágrimas à espera da redenção final. Demorei muito para ser ateu, não admitia a ideia, Deus me livre, de me tornar outro tipo de crente. Minha fé era em nós dois, na nossa capacidade de manter uma vida gostosa como a que conseguimos ter, mas para você, não havia chegada, apenas caminhos, os tais caminhos feitos ao se caminhar. Tudo se relativizava, se chocava, se equilibrava e se ajeitava, em busca do conflito seguinte. Eros e Tanatos se compensavam, ardiam, lutavam. Eu concordava com a tese, temia a antítese e fugia da síntese. Achava bom demais ter encontrado você. Para que tanta ânsia, tanto movimento, tantas e tantas inquietudes? Como embarcar num trem que não chega a nenhuma estação?

Você não faz ideia de como ainda viajaríamos, do quanto

ainda descobriríamos sobre nós mesmos, de quanto prazer nos proporcionaríamos. Faltou pouco, muito pouco, para que conseguíssemos mudar nossas regras, regras importadas, que vieram sabe-se lá de quem. Regras que havíamos adotado, espécie de prisão voluntária, habeas corpus invertido, compromissado com a cadeia, não com a liberdade. Você me chamava de egoísta, mas tudo o que eu queria era compartilhar com você a aventura que iniciei quando nos conhecemos, quando topamos entrar na vida do outro. Não havia por que parar o ritmo da nossa história. Para usar uma linguagem que você tanto admira, você se contentava com o empate ou com a vitória magra, com o um a zero, com o dois a um. Eu queria a vitória de goleada, ainda que, vez ou outra, reconheço, pudesse amargar o gosto de uma ou outra derrota. Eu admirava sua vontade sincera de fazer com que tudo desse certo, mas isso não era mais suficiente.

Quantas vezes não me senti culpado, medíocre, envergonhado? Quantas vezes não senti falta de asas nos meus pés? Você não tem ideia de como eu quis voar ao seu lado. Você não imagina quantas vezes eu vibrei com seu improviso, com sua capacidade de fugir do roteiro, de inventar uma saída.

Admito que, algumas vezes, você me salvou de grandes derrotas. Obrigada por isso. Obrigada mesmo. Eu sei, nem sempre eu tinha razão, talvez pudesse ter tido um pouco mais de tranquilidade, um pouco menos de pressa. E confesso as tantas vezes em que achei muito bom viver numa casa em que todas as lâmpadas acendiam e a descarga do banheiro nunca ficava quebrada.

No fim, me sinto responsável por não ter conseguido acompanhar o seu passo. Mas também, desculpe, eu não me via lutando contra a nossa própria história, contra as nossas vidas. Muitas vezes vi na sua coragem uma forma de disfarçar o medo de ficar, de descobrir que suas teses e sua revolução podiam ter sido ultrapassadas pela nossa história. No fim das contas, não há mais tese, nem antítese, nem síntese. Pelo menos, não mais entre nós. A falta de brigas traz alívio, mas a sua ausência ainda gera muita dor. Nunca pensei que pudesse odiar o silêncio. A rosca, engraçado dizer isso, tinha um fim.

Agora, assim, enquanto escrevo no interior da Bahia, me sinto obrigada a seguir. Depois de tudo, não consigo ver outra saída para nós dois (ainda que você não saiba quanto tempo eu levei para digitar estas últimas palavras). Tá quase na hora de o ônibus partir, a mochila me espera, tenho que me desconectar. Quem sabe ainda dou notícias, não gostaria de não te ver mais. Como também preferiria não saber que a história só se repete como farsa. Lamento, mas não consigo abrir mão de gritar.

A barra

O pior de tudo é segurar na barra. Aquele ferro sempre meio gelado, escorregadio, suado. Ali todo mundo pega, se apoia, as secreções se misturam, se sobrepõem. Umas sobre as outras, umas com as outras. Gotículas que carregam resquícios de cédulas imundas, da moeda que há anos circula de mão em mão. Do lixeiro para o padeiro, deste para o freguês que a repassa ao filho que a entrega ao jornaleiro, que com ela gorjeteia o engraxate que pega o ônibus: aquele rapaz ali no canto, agarrado à caixa atulhada de panos, escovas, latas de graxa. Mãos também que transferem para a barra o pouco da manteiga que escorreu do pão comido com pressa, a espuma da pasta de dente que vazou por um canto da boca e acabou contida pelo dorso da mão. Restos também do catarro, da meleca, do espirro, da tosse. Tudo ali, no ferro disputado por todos que, espremidos, buscamos equilíbrio, segurança, a possibilidade de não sermos arremessados no momento de uma freada. Não bastam a intimidade forçada, os corpos colados, os hálitos que se acumulam, os cheiros entranhados nas roupas, os novos odores que, tão cedo, atravessam tecidos, aumentam o peso daquele ar contido por janelas fechadas — chove. A respiração deixa marcas nos vidros, vapor que se condensa no contato com a superfície resfriada pelos riscos da água vinda de fora. O mesmo bafo que penetra por meu nariz, por minha boca, que invade meus pulmões. Como se todos tivéssemos os mesmos pulmões, respiramos o mesmo ar, compartilhamos o mesmo cheiro, o mesmo suor. Como se um só. Como se fôssemos, dali a algumas horas, comer da mesma marmita que queima o colo daquele que se ofereceu para carregá-la, compadeceu-se do dono, de pé diante dele. Marmita como a que, mês passado, eu carregava e — maldito sono — virou-se no meu colo, feijão esparramado na saia, a mancha preta que permaneceria até a noite. A marca avermelhada nas coxas, testemunho da dor, da vergonha. Coxas, vergonha e a mancha. Mas havia outra mancha. Não como aquela, não preta e esparramada. Discreta, pequena, esbranquiçada, melada. Um testemunho do gozo, do gemido na nuca, das pernas grudadas às minhas, da pressão contra a bunda, do tremor que percorreu o corpo, da minha vergonha, do medo do escândalo, do grito engolido, da cotovelada contida. Mancha que explodiria em lágrimas que encharcariam travesseiro e, no tanque, ajudariam a lavar as roupas profanadas, que acabariam esquecidas, largadas num fundo de armário. A barra carregava restos de porra, de mijo, de merda. Barra que protege, contamina, sustenta e agride. Barra também decorada por glacê e chocolate, molhada pela coca-cola que, movida pelos solavancos, ultrapassava a borda dos copos de plástico na comemoração mensal dos aniversários dos passageiros frequentes. As nossas datas queridas, os muitos anos de vida.

O quadro de Courbet

O primeiro e definitivo impacto veio em forma de palavra. Construção óbvia. Inocente e mesmo brincalhona sequência de consoantes e vogais. *B* com *u*, *c* com *e*, *t* com *a*. Simples como caneta, mesa, lixo, banana, cama, pote, botica. Primária como um vovô viu a uva. Uma palavra engraçada: *bu* que lembrava bunda, remetia ao grito dos fantasmas de desenhos animados. Apenas mais uma entre tantas palavras ouvidas assim na vila, fiapo de conversa de meninos mais velhos. Mas o que é isso? Não sabe, pirralho? Vai perguntar pra sua mãe, ela sabe. Pergunta, vai, porra: não quer ser homem, não quer crescer? O filhinho não fala tudo pra mamãe? Como é que vai crescer sem saber? Vai lá. Fui, perguntei. A resposta foi imediata e atingiu o meio da minha face esquerda: golpe, ardência, cinco dedos carimbados em vermelho. Ataque inaugural, pancada que trazia uma novidade a um rosto acostumado a carinhos. A palavra, apenas a palavra, era a responsável pela perda dessa minha virgindade; culpada também pelas lágrimas que escorriam dos olhos da minha mãe, ela que agora me abraçava, beijava, pedia desculpas, perdão. A palavra e suas consequências, sua força e seu incisivo significado — o tapa! — virariam tatuagem.

A palavra. Mais do que nunca urgia entendê-la, dissecá-la, virá-la pelo avesso, decifrá-la. Era preciso desvendar o porquê de sua força, de sua agressividade, de sua rejeição — e mesmo de sua insistência, de sua incansável presença. Por causa dela, por admitir, ajoelhado, sua eventual pronúncia e sua constante evocação, recebi uma dose extra de penitência, a obrigação de recitar algumas orações a mais. Era pecado falar, imaginar. Atração e repulsa: sonhava com vogais que me acolhiam e consoantes que me aprisionavam: t que, ponta-cabeça, se unia ao b. Juntos, formavam uma jaula que impedia o acesso às demais letras, à união das sílabas, à palavra, um dia, enfim transubstanciada, fonte de sentido, vida e prazer.

Indecente, safada, vulgar, pornográfica. Errônea: a troca do asséptico *o* pelo acolhedor e metafórico *u* — pernas convenientemente abertas — era o detalhe que completava a perfeita identificação teórica entre palavra e objeto. Não me interessavam bocetas de dicionário, caixinhas redondas ou ovais pra guardar pequenos — pequenos... — objetos. Ignorava essa boceta que não fode, não sua, não geme, não cheira, não goza. Por essa, ninguém daria um tapa, ninguém ficaria marcado. Fora seduzido pela outra, a que pulsa, atrai, acolhe, se esconde entre pelos, engana com curvas, montes e reentrâncias, brinca com seus múltiplos e excitantes detalhes, cheios de nomes pomposos: clitóris, lábios grandes e pequenos, vestíbulo, aberturas desta e daquela, glândulas de um e de outro — a escorregadia e receptiva de Bartholin, a festeira de Skene. Felizes Caspar Bartholin e Alexander Skene, embucetados à eternidade.

Com *u*, claro. Letra que subverte a palavra, a retira do dicionário, a joga na vida. Traduz o pedaço de corpo introjetado, escondido; falsa ausência, órgão que se afirma pelo que não mostra, pelo que esconde: segredos adivinhados, não explicitados. Fechada (bu) e aberta (ta), feia e bonita, sugere depravação, penetração, festa, fogos de artifício. Assustadora, amedrontadora, desafiadora; comedora de reputações, desmistificadora de bravatas, de faço-e-aconteço, de propagandas enganosas. Palavra agressiva, que golpeia e afasta definições infantilóides — pombinha, xereca, xibiu, bacurinha, pupuca, perereca, periquita, chapeleta, xavasca, grelo, greta, gruta, peteca, pexereca. Palavra que ri das higiênicas vaginas e vulvas que remetem a laboratórios, consultórios, cheiram a líquidos esterilizantes, materializam instrumentos de tortura e observação. Ninguém nunca as comeu nem foi por causa delas agredido. A palavra em mim gravada era a definitiva: nela que se pensa ao se falar vagina ou uma de suas falsas e limitadas aproximações. Não minta, é assim com você também.

Ao longo dos anos, me percebia atado — à palavra e, aos poucos, à própria ideia que ela representava. Desejo de aproximação, de posse; medo da fenda que me sugaria, me comeria. Acabaria cercado — na escola, no clube, na praia, na faculdade, nos bares, nas festas. Mulheres resumidas a um detalhe, bem no centro de seus corpos, depositário de meus olhares, tributos e interrogações. A palavra se insinuava carne. Dona de minhas visões, planos, especulações e perversões que há tanto tempo obstaculizam estudos, empregos, conversas de bar. Que se danem crises, governos, políticos, políticas, assaltos, favelas, violência, revoluções. Ao caralho com tudo isso. Hoje, ainda mais hoje, dia dos meus 41 anos. Não tenho mais tempo a perder com o que esconde e disfarça nossa impossibilidade de viver apenas em função do que nos une, da primeira fronteira que ultrapassamos, traves por onde escorremos em direção à vida, gol feito ao contrário. Foi ainda preso em uma delas que primeiro vi a luz, luz que só existe a partir e por sua causa, centro do meu universo, de minha órbita constante e previsível. Causa explícita ou oculta de todas as surras que levei vida afora.

Presença que se acumula neste quarto apertado, paredes de um bege caído, TV 14 polegadas, sofá-cama, armário padrão-mogno descascado, ar condicionado que se esforça pra isolar o calor, o barulho e a fumaça que sobem da rua. É aqui que guardo, coleciono, catalogo e gozo. Imagens que ocupam memórias, DVDs, pen drives, fotos e mais fotos, livros, livros, livros, livros, quantos e quantos livros e revistas. Imagens de frente, de costas, do alto. Cabeludas, raspadas, secas, molhadas, abertas, escancaradas, solitárias, arrombadas, penetradas por paus indevidos (todos que não o meu), regadas por variações daquele mesmo líquido viscoso que de mim escorre, muitas vezes, à sua simples lembrança. Palavra que se materializa em mulheres sem rostos, braços, pernas, coração e alma. Mulheres só bucetas: provocantes, disponíveis, oferecidas, agressivas, ativas, passivas, inofensivas. Felizes com meu olhar, minhas homenagens, orgulhosas de todos os meus prazeres e medos. Milhares, milhões de imagens, variações em torno da tela de Courbet, origem do mundo, reprodução pendurada na parede e que vigia todo o quarto.

 Um dia, qualquer dia, falta pouco, buceta, não é fácil abandonar relações assim tão duradouras, hei de me apresentar pessoalmente. Não mais escondido, olhos furtivos e excitados que buscavam ângulos quase impossíveis, que se torciam diante de um orifício cuidadosamente urdido na porta do banheiro de empregada. Agora será ao vivo, às claras, só nós dois, eu e você. Mas sem pressa, ainda temos algum tempo. Aguarde-me, com minhas angústias e esperas: dos cheiros, suores, pentelhos, curvas, reentrâncias. Expectativa também das pernas, dos braços, dos seios, da bunda, do rosto, da boca, dos olhos, do sorriso, da brincadeira, do beijo, do carinho, do movimento de cabelos. Da descoberta da mulher que justifica e lhe dá vida e sentido. Mulher que irá me expor, me revelará. Alguém com quem possa falar, de quem possa ouvir. Que mude o bege deste quarto, dê vida ao sofá-cama. Alguém que me tire velhos medos, que me traga outros novos, que aponte caminhos, afaste certezas, crie dúvidas, me acolha, que se deixe penetrar. Acho que irei sorrir, mesmo que sucumba diante de uma nova dor. Mas isso será preciso pra que eu possa enfim viver e, talvez, amar.

Quando o samba acabou

Partideiro que é bom
não traz verso de casa.
Minha rima eu faço aqui,
marcada com ferro em brasa.

Nem sempre era assim, de forma tão espontânea. Mas Maninho não se incomodava com a pequena e inofensiva mentira que alardeava, nem tudo o que se fala ou se canta é verdade, nem tudo é improviso, feito na hora, na tensão de um duelo, de uma disputa. Não dá pra confiar apenas na inspiração, na capacidade de pular no abismo, de buscar — na lata — palavra e sentido a partir da sílaba que fecha o segundo verso. Ainda mais quando a cerveja sobe, a cachaça desce, o calor aumenta, a roda cresce — nem sempre a rima se impõe, cai do céu, incandesce. (Na escola, a professora disse que era bom evitar rimas ao escrever redação. Outra lição que, ainda bem, não foi aprendida.)

É preciso se prevenir, trabalhar, estudar, consultar dicionários, ler jornal, ver TV, ouvir rádio, saber das novidades no Face, no Insta. Conhecer o fato, a notícia, o acontecido, o relatado. No nome do bandido, seja traficante ou deputado, pode estar a chave que encerra a disputa, fecha com ouro o tema pautado. Foi assim no sábado: preparado, não teve dificuldade de fazer com que Jairo ficasse encalacrado, desnorteado e, enfim, derrotado. Também quem mandou o cara, logo ele, que pena, puxar briga, desafio, partir pra ofensa, virar rival? Tudo, como quase sempre, por conta de mulher, da vontade de se mostrar, de se revelar, de ganhar.

Jairo não se contentava com o quase 1,90 m de altura, com os músculos que marcavam a camisa, os traços fortes do rosto, os dentes em linha, o cabelo que de tão bem cortado parecia esculpido, qualidades que lhe asseguravam o direito de sair com quem quisesse, de escolher mulher, de arrastar a mais bonita, a mais gostosa, a mais desejada. Não, pra ele era preciso mais, precisava versar, cantar, ser admirado. Um canto essencial ao galo que se impunha pela imagem — força, corpo, penas, crista. Era preciso um inimigo, um outro, um alguém a ser humilhado, enxotado, expulso do terreiro. Ainda mais se esse alguém parece ameaçar sua caça, destaca-se em meio à batida do pandeiro.

O partido corria solto, animado, versos que remetiam ao nome do bairro — Encantado ("Assim com tanta beleza, eu fico até fascinado"). Brincadeira entre amigos, de camaradas, de rimas saudadas por risos, brindes e abraços. Até que Jairo entra na roda, faz cara de desafio e, debochado, começa a falar em desorientado, amedrontado e, que maldade, desdentado. Tudo, Maninho saberia depois, por conta de uma moça a quem ele, pouco antes, retribuíra um sorriso e, ao saber seu nome, criara rimas que falavam em sestrosa e melindrosa. Moça do morro, a conhecera na quadra, a encontrara no Chalé e no Pendura Saia. Apenas a cumprimentara e, ali no Quintal, pra ela rapidamente versejara. Versos que Jairo tomou como desafio, pretexto pra briga, pra duelo, pra demanda. E tome de falar em folgado, relaxado, e — ofensa maior — cu largado.

Maninho ironizou, quem fica assim irritado só pensa que foi chifrado. O outro encostou a cara no oponente e, aos gritos, retrucou com magrelo, pé-de-chinelo e se fudeu de verde e amarelo.

Foi deixa pra Maninho avançar, microfone como arma, danem-se versos, músicas e rimas, a briga seria no braço, de homem não tinha cagaço. Foi quando uns e outros pularam na roda, evitaram os socos, a porrada. Arrastaram os dois pra fora, um pela Guilhermina, outro pela portinha da Ernesto Nunes. Na rua, Maninho ainda cantou e berrou que, na hora de versejar, tamanho não era documento e que altura não rimava com talento.

Em casa, não dormiu. Raiva de Jairo, de Rosa, formosa e perigosa; irritado também com ele mesmo pela falta de paciência, pelo descontrole, por dar margem pra tanto engano. Mas estava calejado em disputas que, por pouco, não terminavam em briga, em quase tiro, em facada. Gordo, uma vez, ao ser ironizado e chamado de baleia — aquele que não pega sereia —, dissera que o rival deveria deixar de prosa, pois mulher igual à dele tinha assim na Vila Mimosa. Fazer o quê? Não podia deixar de cantar, não dava pra brigar com o verso que por Deus ou pelo diabo lhe era soprado. Não poderia abrir mão de seu talento mais evidente, esperteza que às vezes fazia com que outros, encantados, ignorassem sua pouca altura, o excesso de peso, a falta de dentes, a cara marcada.

Passou a semana quieto, encolhido, pouco saiu de casa, evitou rodas, cancelou compromissos, deu desculpas pra não ir aqui ou ali, deixou celular tocar, tocar e tocar. Melhor evitar problema. Soube no morro, por lá de tudo se sabe, que Jairo andou ameaçando, prometendo vingança, dizendo que não ia ficar assim. Que o gorducho marrento de cara marcada se preparasse, sua hora estava perto de chegar. Maninho não fugia de briga, de demanda, mas não queria voltar a duelar. Não com Jairo, não por causa de Rosa — logo com quem, logo por quem. Não havia motivo pra tanto, foram só quatro versos, um galanteio de praxe, uma rima fácil e enganosa.

Mas no sábado não teve jeito, não era possível evitar. Batizado da sobrinha, feijoada na laje, a irmã jamais perdoaria uma ausência. E Maninho foi, chegou cedo com intenção de não se demorar, talvez Jairo nem aparecesse por lá. Foi saudado, cobrado pelo sumiço, cadê você, por onde andou, o que houve, rapaz? Havia litrão, cavaco, pandeiro e sete cordas: deu saudade da farra, da festa; bateu vontade de versejar. Versos pra irmã, pra sobrinha, pro cunhado, dono desta casa onde se faz um feijão tão bem temperado. Maninho nem viu quando Rosa chegou, mãos dadas com Jairo. Quando notou, o oponente se posicionara, sorriso no rosto, do outro lado da mesa, da roda. Jairo começou a improvisar. Falou de festa, de samba, de carinho, de amor. Pelo jeito, os chamegos de Rosa haviam desarmado seu verbo, amaciado a verve, aplacado o desejo de vingança. Maninho viu, e fingiu que não viu, Rosa beijar a boca de Jairo, abraçá-lo e enfiar as mãos sob a sua camiseta tão grudada no peito. Desviou o olhar, seguiu no jogo, na brincadeira. E aproveitou pra falar em águas passadas, em acabar de vez com desavença, eis aí minha sentença.

Foi a deixa pra Jairo virar a mesa e pegá-lo de surpresa. Falou que vida de corno não tem retorno, que pedir arrego é fingimento, que homem que é homem não desiste de ressarcimento. Maninho se viu acuado, só pensou em rima com envergonhado. O drible de Jairo o deixara perdido, sem reação. As palavras, antes tão amigas, tinham voado, versos chegavam quebrados, sem brilho, força e sentido. Pior era ver o riso dos amigos, bem ali, na casa da irmã. Alegria que sacramentava a derrota, ampliava a afronta, a desonra. Pegou então carona em frases antigas, cantadas nem havia duas semanas. Saída pronta, manjada, requentada. Cantou, abaixou os olhos, fingiu que ia ao banheiro, aproveitou a chegada da noite escura, sem lua, e fugiu. Aquele samba acabara.

Desceu pela Jupará, parou num bar, acendeu o cigarro; com gestos, pediu cerveja — traído pelas palavras, achou melhor não falar. De novo voltaria sozinho, desacompanhado também da beleza dos próprios versos, que, de tão bonitos e criativos, disfarçavam seu corpo, seu rosto e um desejo fora de prumo. Jogou um dinheiro na mesa e saiu. Na bifurcação logo em frente, entraria à esquerda na Cruzeiro, de lá iria pra casa. Ouviu os primeiros tiros pouco antes de pegar aquele quase beco. Mais e mais disparos, dava pra ver, lá embaixo, as luzes vermelhas dos carros da polícia. O confronto era na Baianos, a outra perna da forquilha. É de onde vinham os que corriam do conflito, os que arranjavam fôlego, que subiam assustados. Maninho parou no encontro das três ruas, se fez poste que atrapalhava a fuga, era xingado, empurrado, sai daí maluco, porra, caralho.

O ruído dos tiros — secos, ocos, uns e outros mais ritmados — travava o medo, gerava algum sentido, criava um tipo de percussão. Não havia palavras nem versos, apenas disparos. O que se apresentava era a chance de um fim, saída possível para uma vida à força enquadrada e metrificada, redenção de uma existência torta, de gostos truncados, prazeres envergonhados, ocultos e não versejados. Maninho se viu correndo, não pela segura Cruzeiro, mas pela quase vazia e, naquele momento, perigosa Baianos. Não precisava esforço, bastava descer, se deixar levar e correr na direção de um mundo em que nada era dito, rimado, perguntado ou argumentado. Universo apenas percussão nascida do ruído de tantas balas. Balas como aquela que entrou pelo ombro direito, como a outra que raspou e marcou ainda mais seu rosto. Como a terceira, a que abriu sua barriga e o jogou no chão, na terra, nas pedras, no cuspe, no catarro, no mijo e na merda dos cachorros. O samba acabaria de vez, não haveria chance de volta. Maninho seria um defunto feio e sujo, cheio de terra e sangue. Que, pelo menos, último desejo, Jairo — tão bonito, forte, dentes brancos e alinhados, inspiração de tantos versos de amor e desejo assassinados ao nascer — não o visse assim, jogado, furado, iluminado e ressaltado pelo sol que, em breve, haveria de nascer.

Anéis

Presas havia tanto tempo naqueles anéis, as três chaves resistiam à saída determinada por dedos trêmulos, confusos, desajeitados. Enfileiradas com tantas outras, atropelavam-se, travavam seus próprios caminhos, pareciam contar com uma inviabilidade física de sua retirada da espiral formada por círculos unidos sob pressão.

Havia algo contraditório no movimento. Para que as três fossem levadas até a saída era necessário condenar as restantes a mais uma volta no círculo. Uma força que, ao abrir caminho entre os anéis, comprimia as outras chaves, impelidas a seguir por um circuito mais estreito. A rota de expulsão era um percurso duro, que espremia o que nele era encaminhado, dificuldade que induzia a uma derradeira reflexão sobre aquele gesto de rompimento. Olhe só, é isso mesmo? Pense bem, esta retirada não é simples, implicará apertos, tensões, dificuldades, e nada garante que lá fora tudo será melhor.

O movimento remetia ao passado, acentuava a dor. Fazia anos que todas tinham sido obrigadas ao movimento inverso, de entrada naqueles círculos. Um trajeto também difícil, apertado, que convidava à dúvida, estimulava a desistência. Por que entrar, grudar-se a outras chaves? De onde vinha a fé de que tal soma não redundaria em subtração, desde quando um mais um (ou duas mais duas, ou duas mais três) dá sempre um resultado positivo? A união seria ao menos necessária, traria mais felicidade?

Enfim, juntas, passaram a girar em torno de um mesmo circuito, medida replicada em outro chaveiro. Como resistir à lógica que impunha tamanha intimidade, amarrava destinos, estabelecia as mesmas idas e vidas? Como impedir desejos de fuga, como evitar que, no futuro, as mesmas fechaduras por elas abertas viessem a ser trocadas, passassem a bloquear entradas, visitas inesperadas e fortuitas, capazes de surpreender, constranger, de desvelar segredos escondidos na intimidade dos dois apartamentos unidos pelas chaves compartilhadas?

Criara-se um pacto, cada dono de chaveiro poderia entrar no apartamento do outro, mecanismo que diluía propriedades e fronteiras. Salas, quartos, sofás, armários, banheiros, cozinhas, camas. O que era de um poderia ser usufruído ou, pelo menos, visto e mexido pelo outro. Meias, cuecas, calcinhas, camisas, calças, bermudas, saias, vestidos, sutiãs poderiam ser misturados, jogados uns sobre os outros, dividiriam espaços em gavetas, no cesto de roupa suja, no tanque, na máquina, no varal. Uma intimidade que permitiria temporadas na casa alheia; na prática, o acesso liberado, ao alcance das chaves, transformava as duas em uma, como se apenas uma casa com dois endereços. Aqueles anéis cumpriam o papel das alianças que não chegariam a ser compradas para marcar a união.

Agora era a vez do movimento oposto, decisão e trajeto mais duros que os primeiros, anos atrás. Era preciso abrir uma cunha entre os círculos, empurrar para frente as chaves que ficariam e dificultavam a fuga — as mesmas, veja só, que haviam determinado alguma reflexão na hora da entrada. A resistência maior vinha mesmo dos dedos: apesar da força que impunham, vacilavam, erravam, transformavam-se em obstáculos para a saída que empurravam.

Não era fácil, mas não havia volta possível. As três chaves, duas com acabamento azul, outra que exibia um plástico vermelho grudado ao metal, foram sendo retiradas e colocadas sobre a mesa, uma sobre a outra, na mesma ordem em que eram usadas para abrir os dois portões e a porta da sala. Acabariam unidas por uma fita adesiva, grudadas. Um jeito inútil de assim tentar fundi-las, inutilizá-las, de impedir que viessem, um dia, a ganhar outras mãos e outro conjunto de anéis.

Naufrágio

Que horas são? Que horas seriam se eu quisesse mesmo saber que horas são? Não, não quero, não tenho ideia de que horas possam ser, não tenho a menor vontade de saber, não é importante. O que me deu, pra assim, num lapso, ter alguma curiosidade sobre as horas? Isto me surpreende — buscar, ainda que de passagem, saber algo relacionado à medição da passagem do tempo, forma inútil de tentar controlar o incontrolável, o imponderável. Uma entre tantas formas de simulação de exercício de poder sobre algo que ignora todas as tentativas de controle. Que se danassem os relógios, o tempo seguiria rebelde, insensível aos que tentavam domá-lo, clamores disfarçados de ciência, vindos dos mais diversos cultos. Apenas religiões, superstições, alegações, tudo com ões. Ões, ões, ões. Melhor repetir ões, ões, ões do que pensar no tempo, nas frágeis maneiras de dominá-lo. Nada é controlável, nem mesmo essa minha vontade de repetir ões, ões, ões. Como em aviões, caminhões, naviões. Naviões? Naviões. Seria assim que se diz? Não, acho que não, navio não termina em ão. Não, não, não, navio não termina em ão. Mas por que não naviões? Todos falam carrões, e carro, como navio, também não termina em ão. Ão, ão, ão, carro também não termina em ão (aqui o ritmo não é tão bom). Talvez porque todo navio seja grande, ficaria redundante falar em navião. Todo navio é ão, mesmo que não tenha ão. O que tem ão é o não, que, no caso, nega o ão alheio, o ão inexistente de navio que, portanto, não pode ser navião.

Navio. A primeira vez com foi com elas, mulher e filha. Ao redor do navio, água. Ao norte, ao sul, ao leste, ao oeste. E também ao nordeste, ao noroeste, ao sudeste e ao sudoeste. Gostava de, mãos dadas com a pequena, correr em volta das piscinas, água contida em meio àquela toda água livre. Piscinas invejam o mar — a liberdade, a imensidão. Mar que também está preso, grudado à Terra. Mas isto as piscinas não sabem, imaginam o mar infinito e livre. Qual. Aqui, filha, tudo é água. Em dias de nuvem, assim como hoje, não dá nem pra ver o que é mar, o que é céu, saber o que é sul, norte, leste ou oeste. Não tem sol, não tem direção. Só água, água, água. Água que lá na frente se mistura com a nuvem, nuvem que parece surgir do mar, como se a água do mar já fosse a nuvem que um dia será. Em dias como aquele, não precisava ficar quente, evaporar, mudar, concentrar-se e cair. Não precisa virar, o mar estava nuvem, ambos se confundiam. Uma vez, vi na TV, contaram que a água existente hoje é a água que sempre existiu. Água não é criada, apenas transformada. Hoje no rio, amanhã no céu, depois chuva e mar. Hoje mijo, amanhã rio, depois cerveja, e mijo. Água que gira, e gira, e gira. Como a água, tudo viraria alguma coisa. Nada era, tudo tinha virado e, daqui a pouco, viraria outra coisa, que viraria outra, e outra, e outra. Tudo se transforma, aprendi na escola; nada será do jeito que já foi um dia, ouvi no rádio. Esta árvore foi semente, foi plantinha, foi arbusto, virou árvore, vai virar tronco seco, que vai apodrecer, se misturar na terra que receberá semente que virará plantinha, e que vai virar, e virar, e virar.

Eu também girava, rodava sem sair do lugar. Um dia, decidi parar. Quando mesmo? Ah, aí vem ele de novo, *ele*, o tempo, querendo saber quando. Dane-se o quando, não faz diferença. Foi quando tinha que ser. Como não importa também saber o porquê, foi porque foi e quando tinha que ser. Não sei muito, sei apenas que girava entre mulher, filha, vizinhos, pais, irmão, tios, cunhados, patrões, chefes, faxineiros, motoristas, copeiras, porteiros, e mulher, filha, vizinhos, pais, irmão, tios, cunhados, patrões, chefes, faxineiros, motoristas, copeiras, porteiros, um giro interminável. Havia risos claros, abertos, escandalosos. Havia dentes rangidos, olhos pequenos e apertados, bocas podres, caras fechadas, maldições embaralhadas. Havia também telas grandes que brilhavam, piscavam, traziam movimentos, imagens, discursos, músicas, tiros; e caixinhas iluminadas, que tocavam e vibravam, e falavam e revelavam músicas e imagens. Caixas que não paravam de tocar e de me convocar. Venha logo, vá, fique, não se mova. Havia casas, apartamentos, escritórios, carros, carrinhos, carrões. Ôes, ões, ões. Havia papéis, papéis. Havia reclamações, e queixas, e queixas, e queixas, e queixas. Prazer, claro, mas também a vontade de voar, de mentir. Não, não estou; não, acabei de sair; não, eu viajei. Sou eu que falo, mas eu não estou mais aqui. Sou, mas não sou, entende? Faltava como sair, fugir, correr, voar. Até saía, fugia, corria e voava — mas voltava. Por mais que fosse, nunca ia; ir era como ficar. Girava. Como o mar que parecia livre e que descobria limites de rochas e praias. Mesmo assim insistia, precisava sair, mais uma vez viajar, viagem provisória, giratória, em que voltaria ao mesmo lugar da partida. Queria ao menos a ilusão da linha reta, ver um rio e suas margens, um rio e seu curso permanente, mão única, sem volta, ver como ele se adequava ao seu destino. Rio que logo ali viraria mar, que viraria nuvem.

  Enfim sozinho, embarcado. Sem amigos ou parentes, no rio e em seu destino reto, sem surpresas, dias a fio. Daí o susto da batida, o ruído da colisão, do encalhe. Os berros, o impacto que jogou todo mundo contra cabines e muretas, que fez deslizar mesas, cadeiras, garrafas, malas. E os empurrões, os socos. E o movimento, este mais doce, que nos sugava. O rio nos queria também como água. Água em que nos dissolveríamos, a água dentro de nós viraria outra água, que também iria para o mar, para o céu, que de lá então voltaria. Seríamos, então, engolidos. Eu ali, sozinho, apenas com desejos, ausências e obsessão pela reta. Larguei-me, obedeci ao rio. Apenas anteciparia o inevitável dissolver na água, para dentro dela escorregaria, uma queda quase surda, pouco ouvia ao ser mergulhado. Deixei-me.

  Acordei jogado num barranco, olhado por aqueles que teriam me resgatado. Duvidei daquela salvação que adiara minha definitiva transformação em água. Pediram-me calma, perguntaram meu nome, disse qualquer um, qualquer um servia, menos o meu. O socorro em breve chegará, disseram. Vou ali, falei, já volto. Comi algo, peguei uma trilha, direção de umas casas. Falava-se de mortos, e de muitos e muitos desaparecidos. Haveria mais um, decidi. Daí que comecei a caminhar, só me cabia andar, andar entre corpos, bombeiros, policiais, helicóptero, sustos, choros, equipes de TV. Sentia dor, mas também urgência de andar. Andei, e andei, e andei. O que fazer senão andar? Andar sangrando, esbarrando, andar empurrado, imprensado, abafado. Andar para sair, para respirar, para voar, andar por andar. Não virara rio, não era meu tempo de virar. Então andei. À minha volta, todos começavam a girar. Bombeiros, policiais, enfermeiros, cachorros, e os sustos, e os choros e os gritos. Como contraponto, me aprumei, andei reto. Eram também como água, corriam e morreriam, virariam terra, e semente, e planta. Somos sempre os mesmos, a mesma água, o mesmo homem. Arrancado do rio, meu corpo escapara, poderia recuperar nome, história, retomar seu curso, sua vida de círculos. Mas não, melhor deixar nome e história no rio, virariam água e memória. Era a chance de voar. Nascia, de novo, da água, mais uma vez. Ciranda, cirandinha, eu não vou mais cirandar.

Não cirandei, andei. Andei e andei. Andei reto, alegria de fugir do círculo que tragava casas, escritórios, telas, mulher, filha, irmão, vizinhos, chefes, subordinados, carros, carrinhos, carrões. Que acabara de tragar o que eu fora. Que outros rodassem, como água, como o sol que acaba de voltar de outro giro. Ciranda, cirandinha. Meu anel, embora de vidro, não se quebrou. Andar, andar, andar. Onde estou? Não importa. Estou, e basta. Andar para não girar, para não perder o prumo, para ficar de pé. Não há mais quando, ficaram para trás o quê, o como e por quê. Sou apenas aquele que anda. Ando reto, sem tempo, deixo que o mundo, bailarina, continue a girar. Vai demorar muito para que eu consiga dar uma volta completa na Terra, para concluir um círculo, mas não tenho pressa, minha história e meu tempo foram zerados, tudo começou de novo, a viagem acaba de ser iniciada. Quando terminar, trato de começar outra, estou muito longe do ato definitivo e derradeiro, tenho apenas o chão.

Doce

Doce, a água parecia açucarada. Azul, violeta, quase vermelha. E doce. Uma água que mudava de cor na piscina que alternava suas próprias formas, bordas iam e vinham, me abraçavam, acariciavam, tentavam me beijar. Uma água que só eu via — quente, azul, violenta, quase vermelha, que parecia dançar ao som da música vinda da rua, um samba lento, muito, muito lento. Que também me pegava, alisava, que se chegava em forma de homem, um homem desconhecido, bonito. Cabelo grisalho, grisalho e laranja. Um homem-polvo que se aproximou, falou algo que pouco entendi; com seus muitos braços me envolveu, alisou meu rosto, tocou minha barriga e, como eu, bebia cerveja na garrafa. Uma cerveja também doce, um doce — docinho — diferente daquele doce-hóstia que, pouco antes, eu colocara na boca.

Eu tomei um doce, contei pro homem-polvo que começava a cantar. Pro homem que de mim não se afastou mesmo quando outro, de barba, também chegou perto. A barba crescia e diminuía, ora preta, ora amarela. Homens que se faziam doces, exalavam palavras, dançavam, ganhavam forma, se esculpiam como bolas de sabão coloridas que passavam por cima dos outros homens e mulheres que ali cantavam, dançavam.

O homem de barba preta e amarela saiu, desintegrou-se. O outro, o homem-polvo ficou. Me chamou pra comprar mais cerveja, eu fui. O caminho de pedras se abria, árvores bêbadas e gordas exibiam folhas cor-de-rosa, discretamente também dançavam, entrelaçadas, todas num mesmo passo. Perto do bar, o homem-polvo me abraçou, me beijou. Entramos juntos na piscina de água azul, violeta e quase vermelha, fiquei molhada, com desejo de nadar, de mergulhar. Ao mesmo tempo, com outra tanta vontade de sair dali, de voltar pra perto das amigas, dos amigos — qual seria a cor da água da piscina que eles viam, suas árvores também dançariam, suas palavras se transformariam em bolas de sabão que flutuariam sobre aquelas tantas pessoas? Doces amigas, doces amigos — guardo na língua o sabor de cada um.

    Doce, doce, doce, a vida é um doce, deu vontade de cantar. Assim como fazia quando era pequena. Doces que ganhava dos meus pais, dos meus avós, dos meus tios. Doces que levava pra escola, que comia, e comia. Me lambuzava de tantos doces, doce de leite, doce de abóbora, pé de moleque, goiabada, chocolate. Mas doces que não me faziam voar, que não revelavam cores ocultas de piscinas, árvores e de cabelos e barbas dos homens que hoje se chegam. Adoçavam a boca, mas não chegavam tão fundo, não despertavam essa vontade de abraçar e provar amigos, de correr pela rua, de ir em direção ao mar. Deixei pra trás o homem-polvo, ele que dançasse sozinho. Agora corro com amigas, deslizo sobre as pedras, passo por paredes antigas que se afunilam e se retraem, que piscam tantas cores, que abrem infinitos caminhos. Corro em direção ao mar, a um mar que, agora, à noite, tão tarde, se juntará à piscina de água azul, violeta e vermelha. Quais serão as cores que se escondem no mar? Vida é mel, que escorre da boca, feito um doce, pedaço de céu.

Tamborim

O pacote destacava-se entre a papelada jogada na mesa atulhada de processos. Uma caixa de papelão com uns 50 centímetros de comprimento, 30 de largura, 10 de altura, meio encoberta por dois ou três envelopes e por uma revista corporativa que, envolta em envelope transparente, aguardava o momento de ser jogada no lixo. Quem manda tanta besteira? Ninguém lê tantos comunicados, folders, panfletos. Quantas árvores não são assassinadas para viabilizar publicações insossas, irrelevantes, laudatórias, papéis natimortos, que parecem ser produzidos apenas para alimentar a indústria da reciclagem? Melhor seria interromper o ciclo, botar tudo na internet, abortar a primeira leva de páginas coloridas, atraentes, bem diagramadas, que se expõem como putas em vitrines de Amsterdam, mais para ser notadas do que consumidas. Deixa pra lá, dane-se, todos consideram muito importante tudo o que escrevem e publicam.

Cabia abrir o pacote com cara de presente corporativo fora de época, nada de Natal ou de Dia do Advogado à vista. Pelo peso, menos de quilo, não deveria ser outro daqueles livros parrudos, cheios de fotos, produzidos por empreiteiras que se valem de leis de incentivos fiscais. Retira uma fita adesiva aqui, abre uma lingueta, e pronto, aí está o conteúdo. Um tamborim e uma baqueta. Objetos que, ali, pareciam reeditar a velha piada da cegonha que troca o endereço e deixa o bebê branco na família de negros, ou o contrário. A cegonha errara ao entregar o instrumento em sua sala — ampla, envidraçada, todos viam o que se passava por lá. Ele, sua mesa, o computador, a papelada, os processos, os envelopes, uma revista de entidade de advogados, a lata do lixo, o paletó nas costas da cadeira, e agora o tamborim e a baqueta presos às suas mãos, à vista de todos. Imaginava-se flagrado com uma revista pornográfica. Como se livrar de um tamborim e de uma baqueta diante de 40 pessoas? Como dizer não é nada disso que vocês estão pensando, este tamborim não é meu, nem o conheço, apenas passou por aqui, o dono deve estar voltando para resgatá-lo, vai ver que ele precisou ir ao banco, pagar umas contas, foi almoçar. Melhor nem olhar em volta, qualquer movimento o denunciaria, amplificaria a cena, o imprevisto, o inusitado, os estereótipos, o tamborim, o olha lá, o carioca acha que isso aqui é escola de samba, traz até pandeiro — sim, eles são capazes de errar a designação do objeto — para o trabalho. Meu, isso aqui é lugar de trabalho, não é lugar de batuque, de bloquinho, viu? Merda de tamborim. Por sorte, deixara a mochila aberta, no chão. Bastava se abaixar um pouco e deixar que tamborim e baqueta escorregassem para o interior daquela boca molenga, não seria difícil acertar o alvo. Depois, bastaria puxar o fecho ecler — zíper é coisa de paulista. Deu certo, acabou. Crime perfeito, sem provas, talvez até sem testemunhas.

No quarto do hotel, como se abrisse a tal revista. Pelo menos, a salvo de olhares de recriminação. Ele e o tamborim, me Tarzan, you Jane. Plec. Plec. Plec. De novo, e mais uma vez. Plec. Plec. Plec. E o plect correspondente àquele movimento de virada? Virada para dentro ou para fora? Outro plec cuidadoso, quase em surdina, não se toca tamborim em apart de Moema, ainda mais à noite. Aqui não é Piedade, a Avenida Ibirapuera não é a Suburbana, tamborins devem ser raros por aqui. Num hotel carioca, bastaria exibi-lo para que algum garçom, maitre ou manobrista viesse puxar assunto, quiçá pedisse para testá-lo. Ninguém deve saber tocar tamborim nesse prédio, nem eu sei. Hora de admitir outro medo que o assaltara à tarde, na volta do almoço, quando da descoberta do conteúdo do pacote: o de ser desmascarado no escritório. Fácil imaginar um ou outro colega, um daqueles que vão para o Rio no carnaval — ensaio no Salgueiro, feijoada na Portela, desfile na Mangueira, Simpatia, Boitatá —, entrando em sua sala: Toca aí. Como assim, tocar? Como assim? Você não é carioca, suburbano, Madureira, Méier, Piedade, sei lá. Toca aí. Faria gestos para me estimular. Braços esticados, mãos segurando invisíveis baqueta e tamborim. Com a boca, emitiria sons que tentavam simular os toques: poctc, capotc, capotc. Puta que pariu, nem com a boca eles acertam. Mas como dizer, confessar?

Sim, era de Piedade, muitos carnavais no River, no Oposição. E muitos desfiles na Suburbana, a avó levava cadeira para a calçada, o avô se refugiava na rádio MEC. Os blocos de sujo. Homens com fronhas enfiadas na cabeça, percussão feita com latões, outro tambor (na infância, tudo é tambor), um bumbo (surdo, aprenderia anos depois), e tamborins. Estes, pequenos, agudos, irritadiços, baixinhos folgados que se impunham aos instrumentos mais graves, pesados, sérios. Abusados como a Maria Luiza (na escola, respeitávamos nomes duplos), que interrompia o professor, ria das outras meninas e de suas bonecas, dizia querer jogar bola com a gente. Que, um dia, na volta do recreio, aproveitou a falta de luz e me deu um beijo. No rosto, mas beijo. Nunca tive coragem de retribuir aquele beijo. Tamborins eram como Maria Luiza, assanhados, metidos, intrometidos. Tocá-los, tocar seu rosto, suas mãos. Aprender o ritmo, pegar o jeito, ganhar ousadia de interromper os garotos mais altos e fortes, bons de briga e melhores no futebol. De que adiantava ser melhor em português e matemática? Ganhara um beijo de Maria Luiza, mas cadê coragem para buscar outro? Quem sabe ela errara o alvo, culpa da falta de luz. O beijo talvez fosse para outro menino, não para mim. Eu, mais para a previsível lerdeza do surdo — tum, tum — do que para agilidade de tamborim, incapaz de ser folgado, surpreendente. Tamborins como aqueles dos blocos, um aqui, outros ali, alguns acolá. Além de atrevidos, independentes, autônomos. Cada qual com seu ritmo, todos solistas, pouco preocupados com o todo, com o conjunto. Plec, plec, plect, plec. Ou o contrário, tanto fazia. Valia era o tamborim, som que desfilava pela esquina com a Belmira, seguia na direção da Abolição, passava pela Bernardino de Campos, pela João Pinheiro. Som que abria os caminhos, reverberava nas portas de ferro das lojas fechadas, sapateiro, padaria, barbeiro, armarinho, farmácia, antecipava a chegada daquele grupo de homens que abriam buracos para os olhos nas fronhas usadas na cabeça, fantasias toscas e simples.

 Ninguém ensinava a namorar, a pedir em namoro, procurara em livros, no Mundo da Criança. Mas talvez se ensinasse tocar tamborim, instrumento pequeno, levinho, bom para meninos ainda pequenos. Até falara com a mãe. Tamborim? Nem pensar, nem se sabe como, onde, nem deve ter escola para isso. Instrumento de preto, de pobre, de favelado. Pra você, violão ou mesmo piano; tamborim, não. Ora se, ora veja só. Ora, ora. Hoje nem toco, nem sambo, os pés parecem espalhar poeira enquanto se movem como se desconectados de um tronco duro, impávido, assustado com aquela estranha movimentação abaixo dos joelhos. Carioca? Méier, Madureira ou Piedade, né? E nada de sambar, e nada de tamborim. Tu é mais paulista do que eu, meu!

 Agora, ao menos, há internet, lá tudo se diz, se ensina, de bolos de laranja a bombas atômicas. Uma voz em off diz para segurar o instrumento como se fizesse aquele cumprimento de surfista. Close no tamborim que surge na tela. Dedos polegar e mínimo da mão esquerda esticados; indicador, médio e anelar fechados. A baqueta pode ter várias pontas — ganhei uma de três. Primeira batida é forte; a segunda, mais fraca. A terceira é a da virada, virada feita para dentro. A quarta nota é de novo forte. Forte, fraca, virada, forte. Forte, fraca, virada, forte. Assim, devagar, até que sai. Sai um som chocho, impossível de animar, de gerar movimento, de sustentar qualquer cantoria. Som que, na madrugada, teme o barulho, os vizinhos, os que dormem ao lado. Na tela, o professor acelera, tão fácil em suas mãos, plecs, pects, toques ágeis, precisos, ritmados. Outro instrutor, ainda mais sofisticado, mostra o rosto na tela, fala em toque telecoteco, em pergunta e resposta, apresenta uma partitura, esmiúça compassos. Diz que nas escolas de samba o toque é o carreteiro, assim, ó — e faz uma rápida demonstração. Assim ó, e acabou. Nunca ouvira falar nisso, carreteiro remetia a comida, arroz de carreteiro, coisa de gaúcho, inimaginável associar bombachas a tamborins. Ao menos decorara o nome do toque, isso poderia ser útil em alguma conversa. Mas só aprendera o nome, mal tentara executá-lo. Para mais e detalhadas aulas seria preciso pagar uns cinquenta reais por mês.

Meio impossível ter aulas de tamborim pela internet, versão atualizada dos cursos profissionalizantes por correspondência que eram anunciados em revistas pelo Instituto Universal Brasileiro. Mecânico de geladeiras, pedreiro, secretária executiva, pintor de automóveis, gerente administrativo. Cupons recortados, colocados em envelopes e despachados na agência dos Correios da Rua Goiás, quase em frente à passarela que ligava os dois lados do bairro separados pela linha do trem — em subúrbios, morar deste ou daquele lado da linha é mais ou menos equivalente a, no padrão zona sul, morar perto ou longe da praia. Suburbano, sabia disso. Semanas depois recebia os catálogos completos. Não seria honesto reclamar das revistas coloridas e inúteis de hoje. Na infância, apenas por distração, ajudara a derrubar algumas árvores ao requisitar o envio de informações sobre cursos que jamais viria a fazer. Até porque não havia curso por correspondência para piloto de avião, profissão que almejava seguir. Quem é que iria entrar num avião cujo piloto se formara por correspondência?

 Aprender a tocar tamborim num curso online era quase tão arriscado quanto tentar decifrar em apostilas o segredo de pilotar. Sim, a falha no tamborim não arriscaria a vida de ninguém, mas poderia fazer com que a reputação de carioca-suburbano-sambista despencasse em queda livre, como aviõezinhos de desenhos animados, caindo em parafuso, expelindo fumacinha negra, a diferença é que não haveria paraquedas capazes de salvar o protagonista. Mais provável que ficasse como os vilões dos desenhos, vítimas das explosões com que eles, os maus, tentavam matar os heróis. Bombas pretas redondas de pavio curto ou charutos recheados de pólvora que se viravam contra seus criadores, deixavam seus cabelos, penas ou pelos desalinhados e a cara suja de fuligem. Ficaria assim, explodido, exposto, ao ser instigado a tocar tamborim. Talvez alguém propusesse a cassação de sua cidadania carioca. Não seria impossível que os putos do escritório negociassem com algum vereador a concessão de título de paulistano honorário para aquele carioca que toca tamborim como um de nós. Ou nóis, como eles preferem. É nóis.

 Nóis, nada. Em cinco anos, mantinha-se fiel ao sotaque que, antes, dizia não ter — carioca não tem sotaque, os outros é que têm. Mas rendeu-se ao perceber os chiados, o som emitido ao falar aspargos frescos, o jeito de dizer *mermão* — bastava falar *mermão* para entregar-se —, de pronunciar palavras como *mantega* e *brasilero* que saíam assim, sem o "i" depois do "e". E, caramba, era mesmo impossível saber se ele dizia *isqueiro* ou *chiqueiro* — o som era o mesmo. Amigos do Rio estranhavam um falar cada vez mais carioca. Não admitia a possibilidade de alongar advérbios ou de chamar biscoito de bolacha, calçada de guia, sinal de semáforo: em São Paulo, tornara-se mais carioca. Quase um carioca de piada, estereotipado, não perdia os raros shows de conterrâneos exilados, batia ponto em todas as apresentações do Moacyr Luz por lá. Um carioca que temia ficar como filhos e mesmo netos de imigrantes alemães que viviam em pequenas cidades do sul, aqueles que, no dia a dia, preferiam conversar no idioma de seus antepassados. Com o tempo, viraram objeto de estudos, de teses. Pesquisadores desembarcavam para gravar aquele jeito de falar alemão que ficara parado no tempo, não evoluíra, usava palavras equivalentes ao vosmecê de nossos bisavós. Ia de short e chinelos à padaria — padoca, jamais — reclamava dos que chamavam de creme a espuma do chope, tentara entrar de bermudas num restaurante. Barrado, protestara.

    Era carioca. Carioca do River, do Oposição, do Bruni Piedade, do jogo de bola na rua, da Igreja Batista na esquina, do show do Jerry Adriani na inauguração do Guanabara. Piedade da feira de sábado, da Igreja Divino Salvador, da Gama Filho, dos portugueses donos do comércio e de casas de vila, da vizinha da vila que recebia santo no Réveillon — festa que no subúrbio era chamada apenas de virada de ano. Ao deixar o tamborim na minha mesa, aquela cegonha desnorteada me jogou num bairro que já não existia, constatara, meses antes, pelo Google Maps. Não mais sapateiro — no lugar, loja de cabos de velocímetro, grudada numa ótica. Sem padaria, barbeiro e armarinho; agora havia loja de roupa, clínica dentária, oficina de costura. Restara a farmácia, diferente, alardeada, como as outras lojas, por cartazes que cobriam prédios amputados de suas características originais. Por lá, passado era sinônimo de velho, de ultrapassado, não se demonstrava orgulho em cultuá-lo, era preciso matá-lo, esconder sua presença. Nas fachadas, não mais ornamentos que entregavam a idade das construções, quase todos arrancados, substituídos por paredes retas tampadas por letreiros que gritavam, disputavam a atenção de quem passava pela antiga Avenida Suburbana. E mais e mais esquadrias de alumínio, cerâmicas, luzes fluorescentes, agências de automóveis que entulhavam as calçadas de carros, e grades, e grades, e grades.

Por ali morou Dilermando, amante de Ana, mulher de Euclides da Cunha, ele viveu numa daquelas casas que o escritor foi morto. Ana, mulher que jamais deveria ser cumprimentada, dizia a avó para a filha, futura mãe daquele que, em São Paulo, via-se na Suburbana, hoje Dom Hélder Câmara, Estrada Real de Santa Cruz na época do crime. Só adolescente soubera ter sido criado perto do local onde o escritor fora morto, não sabe qual é a casa, se ainda há casa, nunca houve placa na porta. Seus vizinhos em Piedade não falavam de Euclides da Cunha. Lima Barreto era apenas uma rua, desconectada do escritor que vivera nas redondezas. A Piedade da infância se perdera nas mudanças de casa, nas mortes de avós, tios e vizinhos, no espaçamento e posterior fim das antigas amizades. Nunca mais ouvira falar em blocos de sujos, os blocos da Zona Sul eram cheios de playboys fantasiados, ninguém precisava apelar para fronhas velhas no carnaval. Muitos deles aprendiam a tocar tamborim, caixa e repenique em escolas de percussão.

Acordou com o dia que se revelava pelas frestas da cortina. Dormira sentado na poltrona, não jantara, sequer tomara banho ou trocara de roupa. Recolheu o tamborim e a baqueta que deixara cair no chão, colocou-os sobre a mesa ao lado do computador. Ligou a TV, soube do frio, da falta d'água, do trânsito nas marginais, do engarrafamento de não sei quantas centenas quilômetros daquela manhã. Foi ao banheiro, lavou o rosto, escovou os dentes, abriu o chuveiro. Colocaria o terno, desceria, tomaria café e sairia mais cedo para o escritório, adiantaria o serviço. Na noite de sexta embarcaria para o Rio, avião cheio de caras conhecidas, aves que volta e meia se encontravam na revoada para casa. Domingo, no almoço com mulher e filho, voltaria a ter como sobremesa a quase depressão que indicava a proximidade do horário do voo de volta. Casamento mantido na ponte aérea, ela sem ter como se transferir para São Paulo, ele — toque de surdo, tum, tum — preso ao escritório, ao bom salário, à carreira. Levaria o tamborim na mala, não seria difícil encontrar um curso de fim de semana, um daqueles frequentados por jovens que não tinham a menor ideia de como chegar em Piedade. Talvez tomasse coragem de se matricular, de tentar aprender, de se ver assanhado, intrometido, folgado, marrento. Maria Luiza haveria de gostar. Ainda teria muitos carnavais pela frente.

Mar

O calor era pior que as comemorações de fim de ano e a depressão que estas promoviam e ressaltavam. Quentura potencializada pelo forno, maldita hora em que aceitara ir àquela festa e se comprometera a levar o pernil assado. Sábios os que, donos do direito ao calendário, usaram o movimento da Terra como desculpa para fazer com que Natal e Ano Novo coincidissem com o inverno deles. Mas ainda pior que aquelas todas aquelas farras e seus calores tinha sido o ano que seria encerrado dali a algumas horas. O pernil que se esvaia na gordura acumulada na bandeja era quase sua metáfora, estava apenas alguns graus celsius além — ambos definhavam, queimavam. Jogado no sofá da sala, vigiava os ponteiros do relógio e seus movimentos, não admitiria qualquer chance de atraso, algo que retardasse o fim daquele período de 365 dias. Mais, de 366 dias. Tomava como sacanagem e conspiração, o fato de o pior ano da sua vida ter sido bissexto, premiado com uma prorrogação de 24 horas. Juiz ladrão, porrada é solução.

Focar no relógio era também o máximo que se permitia. Não havia mais o que fazer, não queria arriscar mais nada, expor-se a outro revés, tudo o que fizesse daria errado. Fora um ano cheio de decisões, todas erradas, de resultados adversos, coleção de derrotas de fazer inveja àquele time de Pernambuco que se orgulha de ser o pior do mundo. Se tivesse ânimo, talvez desafiasse o tal clube para um tira-teima, possibilidade de avaliar quem tivera o desempenho mais sofrível ao longo daquele período. Jogo duro. Elencaria os pés na bunda que recebera, a demissão do trabalho, o fim do casamento (perdera até o cachorro para a ex), fora preterido na briga pela bolsa que lhe deixaria doze meses fora do país. Sonhara com um ano sem Brasil, saída artificial que talvez lhe permitisse ficar longe de si, como se, no exterior, pudesse encarnar um personagem provisório, sem história, sem passado; uma persona-muleta, garantia de apoio, substituição para as pernas incapazes de suportar tanto peso extra. Mas nem isso dera certo, sobraram apenas o calor e a umidade que lhe empapavam a camiseta, uniam seu corpo ao sofá. Não mexe que piora.

 A TV insistia com a sempre repetida notícia de que já era ano-novo na Austrália. Fodam-se os australianos, os cangurus, que pulem no primeiro abismo. Até nisso eles tinham vantagem, o ano deles tinha acabado, ririam se soubessem da existência daquele brasileiro, de seus fracassos, dos 360 minutos que lhe faltavam para comemorar o fim de uma trágica coleção de 12 meses. Tinha 21.600 segundos pela frente, tempo que, ao passar, indicaria a possibilidade de reinício, ilusão tão frágil como a divisão da vida em ciclos gravados em relógios e calendários. Haveria apenas a renovação de uma mentira, babaquice destinada a engabelar idiotas como ele. Por que diabos a sequência de dias e noites iniciada a partir de um determinado momento teria um enredo menos trágico? Amanhã não seria outro dia, apenas a continuação daquela mesma e conhecida grande noite.

 De Sidney e sua casa de ópera emoldurada por fogos de artifício, a TV cortou para Ipanema, ali perto. Repórter falava ao vivo, tratava de ocupar aquele feriadão sem notícias para dizer o que tudo mundo sabia: sol, praia, milhares de pessoas que não dispensavam o último mergulho do ano. Ele desligou antes de ouvir a piadinha de sempre, o comentário da apresentadora: aos risos, perguntaria à colega se daria tempo de ela pegar um restinho de sol, frisaria a vontade de correr do estúdio na direção do mar.

O mar, sim, o mar. Como o tempo, sempre igual, sempre diferente, cheio de movimentos internos. Que nos cerca, liberta, oprime, refresca e mata. Um último mergulho, derradeira tentativa de retirar a inhaca daquele ano maldito. Quebra essa, Iemanjá! O horário de verão ajudava, se corresse daria para chegar com dia claro. Roupa trocada, forno desligado, celular largado na mesa, chave com o porteiro, dinheiro para o táxi amarrado no cordão da sunga, não haveria tempo para ônibus.

E, ali, o mar. Todo o mar do mundo, o mar onde agora mergulha, interna-se, busca uma fusão. Melhor momento dos últimos meses, do último ano. O mar, ô o mar, por onde andei mareou, mareou, cantou a Portela. Mar que, ao contrário do rio, não segue caminho, não passa. Vai e volta, fica, lava, se entranha, salga, arrasta, puxa para o fundo: Olha o canto da sereia, exclamou o Império Serrano. Estava diante da própria odisseia, o mar daqui é o mesmo da Ilha de Capri, só há um mar. O canto das sereias. Bastariam poucas notas para convencê-lo, seduzi-lo. Uma curtíssima canção entoada por uma sereia qualquer, uma dessas de história em quadrinhos, seria suficiente para enlaçar aquele ulysses que não tinha nenhuma terra para voltar — vem ni mim que tô facinho. Venha, venham. Não se amarraria ao mastro, não usaria cera para anular a audição, que viessem as sereias, que o enfeitiçassem, jogassem seu barco contra as pedras e apresentassem alguma saída, concreta e ilusória, algo que afogasse o engano, a estúpida sensação de dias melhores, suplantasse as repetitivas fantasias de um réveillon. Uma festa digna, antecipação do fim do ano, de todos os anos, capaz de terminar com o pouco que lhe havia restado. Cantem, cantem, cantem. Por favor, cantem, sou todo ouvidos.

Bons tempos

Ismael olhou para o jardim quatro andares abaixo da janela de seu gabinete. A praça, o gramado, o caminho que há alguns anos ainda era percorrido pelos carros pretos até a portaria onde ele e seus colegas desembarcavam. O acirramento das tensões, as ameaças e, principalmente, os atentados e mortes geraram também consequências arquitetônicas. A entrada no prédio passara a ser subterrânea, vidros foram blindados, um muro de quatro metros de altura, arrematado por cerca eletrificada e cheia de pontas, tivera que ser erguido. O início do Processo de Pacificação e Reconciliação prometia diminuir tensões e riscos, mas houvera apenas uma troca de problemas. Guerras são muito lucrativas, a simples busca de um acordo, mesmo considerado impossível pela maioria, foi suficiente para despertar a ira de muita gente.

Alguns expressavam seu descontentamento em discursos nas sessões no plenário virtual da Assembleia Legislativa — quem iria se arriscar a comparecer pessoalmente? —, em púlpitos de igrejas e de associações de policiais, nas redes da internet, em entrevistas e artigos. Onde já se viu o Estado se dobrar a marginais, negociar com os que causaram tantas mortes, responsáveis por um número inimaginável de crimes e de ataques, questionavam aqueles indignados que tanto se beneficiavam da situação. Ismael os conhecia muito bem.

Mais diretos e violentos eram os que demonstravam inconformismo com novos atentados, ameaças, homicídios. Radicais, porém, sinceros, como há uns oitenta anos verbalizara aquele autocrata com pose de pastor para definir os colegas de farda que não admitiam a redemocratização. Os truculentos não negavam seus propósitos. Eram assassinos, traficantes, contrabandistas, sequestradores; extorquiam, torturavam, ameaçavam, faziam o que julgavam necessário para manter e expandir seus negócios e territórios. Jogavam às claras, sem subterfúgios, sem vossas e suas excelências. Alguns não queriam saber de pacificação porque viam na iniciativa um risco para suas atividades, algo que poderia interromper uma trajetória conquistada com muito sangue e esquemas de apoio em praticamente todos os setores oficiais. Por que mudar o que vinha funcionando? Grupos menores que buscavam tomar áreas de rivais poderosos também não queriam o fim das guerras. Pacificar seria formalizar o domínio existente e mandar para escanteio os que tentavam crescer. Um golpe na livre concorrência, como Ismael costumava ironizar em conversas com Alaíde, uma das poucas colegas de Ministério Público com quem se permitia ter aquele tipo de abordagem. Não confiava nos demais, cuidados nunca seriam excessivos, mesmo tendo mandado toda a família para o exterior.

 Pior que dali a pouco enfrentaria jornalistas, muitos desconhecidos. Bons tempos em que repórteres eram facilmente identificáveis, trabalhavam para empresas bem estabelecidas, tinham crachá e, eventualmente, formação que avalizava um grau de discernimento, de equilíbrio, apontava para alguma imparcialidade. Tempos — pelo menos era o que dizia seu pai, um dos primeiros advogados negros a ter sucesso no Rio — em que era possível conversar com donos e editores de jornais, revistas, emissoras de rádio e TV, explicar objetivos, solicitar alguma moderação. Nem sempre os pedidos eram atendidos, mas existia diálogo. Isso quando havia jornais e revistas, rádios e TV, tempos em que a imprensa nutria a ilusão de reportar e editar o mundo, de colocar alguma ordem no caos. Agora, sequer havia um conceito determinado de imprensa, tudo se tornara diluído, amorfo, indefinível. Não dava nem para saber se todos os que dali a pouco enviariam perguntas e observações eram mesmo seres humanos. Era impossível apurar se entre eles haveria máquinas programadas para apresentar questionamentos — graças a uma infinita velocidade de verificar e processar informações, elas conheciam cada detalhe da legislação e das estatísticas criminais, além dos antecedentes e das ligações políticas dos mafiosos que o plano pretendia alçar para a legalidade.

Ismael só tomou a iniciativa de propor o impensável ao constatar que a sociedade vivia uma espécie de vale-tudo institucional, estava prestes a assumir a própria falência. Foi quando, desesperado, lançou algo que só poderia ser levado a sério pela falta de qualquer outra saída. Agiu como o técnico que, diante da perspectiva de uma derrota, manda até o goleiro para o ataque. Depois, passou a lamentar sua criação: como não apareceu ninguém para impedir que frutificasse sua ideia de, em homenagem aos 70 anos do Pacto de Moncloa, conceber uma negociação que reconheceria, formalizaria e limitaria os poderes dos que haviam conquistado, na marra e ao arrepio da lei, o direito de mandar no seu estado? O acordo previa um reconhecimento de culpas em troca de uma generosa anistia. O quase assassinato de seu filho colaborou para sua conclusão de que não havia outra alternativa. Quem mandou aquele garoto idiota tentar cruzar limites — *aquele* limite — sem as devidas autorizações? Como atravessar a cidade sem dispor de códigos, salvo-condutos? Não faltaram avisos, alertas sobre a existência de tantas divisas, cada vez mais explícitas, sinalizadas, demarcadas. Ainda mais ele, um rapaz visto com alguma surpresa, negro alto, refinado, bem-vestido, que não correspondia ao estereótipo racista que resistia à mudança dos tempos. Tinha que dar merda. Deu. Graças aos seus contatos, o filho imprudente conseguiu se salvar. Teve ao menos a esperteza de não revelar que seu pai era procurador-geral de Justiça, não foi de todo idiota. Ele que tratasse de amadurecer na Alemanha, para onde fora mandado com a mãe.

    O terror provocado pelo quase assassinato do filho fez com que retomasse devaneios, traçasse planos, alinhavasse o que estava tão disperso. Era preciso tentar recuperar a possibilidade de existência de um outro estado formal, ainda que para isso fosse necessário completar o processo de virar o atual de cabeça para baixo. As condições, de tão desfavoráveis, abriam caminho para uma busca inovadora e quase suicida. Havia muito que não se fazia mais segredo, tudo ocorria de maneira explícita, todos sabiam quem mandava onde e em quê, quem eram os donos, os chefes, os gerentes e os seus tantos representantes no governo. Ninguém desconhecia os que haviam sido designados pelo poder outrora chamado de paralelo para controlar as associações empresariais e de trabalhadores, os partidos políticos, a Polícia, o Legislativo, o Judiciário, o Ministério Público. Tudo estava em mãos de alguém, havia sido conquistado, demarcado, como as regiões vinícolas da Europa. Ismael sabia estar na mira de muita gente, pessoas que atuavam dentro e fora da máquina pública. Como dizia um velho advogado criminal, amigo de seu pai, ao recordar seus tempos de atividade: difícil mesmo era apurar o assassinato de um agiota. O homicida poderia ser qualquer um dos que lhe deviam dinheiro, bastava abrir as gavetas do morto, nelas encontrar as centenas de cheques pré-datados e transpor os nomes de todos os emitentes para o rol de suspeitos. Os cheques não eram mais usados havia muito tempo, mas vítimas preferenciais continuavam a existir – o procurador-geral era um dos primeiros da lista.

Vocês tiveram a sua Idade Média, estamos vivendo a nossa. A resposta de Bolívar a um europeu que questionara as barbáries promovidas na luta de libertação contra o domínio espanhol servia como explicação e consolo. Seria então o momento de superar aquele novo feudalismo, de reconhecer poderes conquistados à bala, de reorganizar fronteiras e poderes, de transplantar o modelo europeu, devidamente tropicalizado. Era preciso pactuar, o Renascimento estava logo ali, pronto para florescer no alto dos morros, nas baixadas, nas coberturas luxuosas, prestes a aterrissar nos aeroportos, desembarcar nas praias. Mas para isso era preciso fazer o parto, ignorar sangue, dor e fezes. Usar fórceps, um pouco de anestesia, apelar para uma cesariana improvisada, carne cortada com gilete e espada de samurais.

Era necessário conversar com bandidos de diferentes posições e cargos, sentar-se com governantes, deputados, policiais, promotores, juízes, e com assassinos, genocidas, ladrões, bandidos que atuavam simultaneamente em diversas áreas. Bons tempos em que se podia isolar as atividades de assaltantes, traficantes, milicianos, bandidos de colarinho branco. Tempos em que o Código Penal era suficiente para elencar, classificar e enquadrar tantos crimes específicos, em que ainda não se transformara numa sopa de números que se misturavam, se combinavam, se rearranjavam. A modernidade chegara de vez ao mundo do crime, todos faziam de tudo.

Apesar de duvidar do próprio projeto, Ismael via-se como o parteiro daquele novo tempo. Não havia retorno possível. Quem mandou propor uma visão particular da espiral de violência que havia décadas e, aos poucos, tomara conta de favelas, bairros, cidades, do estado e, de maneira menos explícita, do país? Não era mais possível, insistia, continuar a lidar com a perspectiva de uma coleção de fatos isolados, como se tudo não estivesse ligado. Não dava mais para ficar na base do se tivéssemos feito isso ou aquilo, se não houvéssemos permitido a aliança do grupo X com o político Y. A sociedade e o Estado deveriam ter atuado de forma estratégica, mas não foi assim. Menos por inocência e mais por interesse, deixamos que tudo caminhasse para ficar como ficou. Agora é preciso conversar, aceitar a legitimidade de poderes constituídos com sangue, armas e tantos crimes. Talvez no futuro esses homicidas e traficantes sejam vistos como conquistadores, fundadores de uma nova nação, aquela que enfim conseguira romper laços coloniais e escravocratas que tanto se adaptavam e se renovavam ao longo do tempo. Seus filhos serão líderes empresariais; seus netos, acadêmicos, pensadores, artistas, filantropos na velhice. Estamos chegando ao nosso Renascimento, Simón José Antonio de la Santíssima Trinidad Bolívar Palacios Ponte y Blanco. Teremos, enfim, nossos Ticianos, Da Vincis, Michelangelos.

Até como reflexo do caos, a iniciativa fora aceita, não havia nenhuma outra disponível, por que não permitir a tentativa daquele procurador tido como honesto e competente, neto de famílias pobres, primeiro de sua cor a chegar àquele cargo? A ideia teria o efeito adicional de gerar notícias, fatos, discussões, mobilizaria autoridades, opinião pública, provocaria debates parlamentares — enquanto isso, todos os negócios correriam do mesmo jeito, por muitos e muitos anos. O problema, Ismael confidenciou a Alaíde, foi quando aquela maluquice começou a ameaçar dar certo, três dos quatro principais donos do estado mandaram recados dizendo que aceitavam conversar, discutir um processo de pacificação que preservasse patrimônio e atividades empresariais, tudo fora construído com muito trabalho, centenas de milhares de pessoas dependiam de seus negócios. Num primeiro momento, haveria sigilo, era fundamental não dar sustos. Mas seu encontro com um deles, logo com o Palhares, vazou. Antes que voltasse para casa, as imagens circulavam em todas as redes, em todas as telas. Os outros dois, Olegário e Noronha, mandaram interlocutores dizer que se sentiam traídos; Elias, o que se mantivera afastado, viu mais motivos para ficar longe, e tratou de matar umas poucas dezenas de rivais para sacramentar sua posição. Os chefes de territórios menores, não alinhados, promoveram matanças mais modestas, apenas para marcar um protesto. E vieram editoriais, discursos, manifestos, acusações de traição cívica. A conversa com os jornalistas seria um jeito desesperado de se contrapor ao massacre, de tentar salvar o projeto. A chance era mínima, mas ele buscaria, pelo menos, preservar sua própria reputação — houve quem pedisse sua saída imediata do cargo, um procurador-geral não podia se encontrar às escondidas com um dos principais assassinos do estado.

Faltava pouco, mas ainda tinha uns 15 minutos antes do início da entrevista. Pelo vidro blindado da janela viu o aeroporto, a baía, o reflexo do sol na água, os barcos, os poucos carros que ainda percorriam aquelas avenidas largas e perigosas. Daria tempo de fazer algo que, de tão arriscado, seria seguro. Ninguém imaginaria que o procurador-geral fosse, sem a companhia de seguranças, dar uma volta pelo terraço, pegar um pouco de ar. Havia uns seis anos que não se arriscava a subir até lá para contemplar o Rio de um ângulo parecido com o desfrutado, séculos atrás, pelos moradores e visitantes do morro que seria arrasado com a suposta finalidade de arejar o Centro, torná-lo menos suscetível a doenças. Volta e meia, ele ironizava o fato: não poderia dar certo uma cidade que destrói seu sítio original.

    Atingido por um único tiro na nuca logo depois de chegar ao teto do prédio, ele não teve tempo de pensar que subestimara a imaginação e a persistência de tantos possíveis algozes — a queda de um homem de 75 quilos do 14º andar é rápida demais.

Lição

Bati, claro que bati. Parti pra cima, não podia deixar barato. Queria que eu fizesse o quê? Eu estava no meu bar, na minha rua, no meu bairro. O vagabundo veio e: começou a fazer carinho no rosto do barbudo que estava com ele/ falou mal do meu candidato/ olhou pra minha mulher/ sacaneou meu time/ me encarou quando contei do boquete que recebi de uma putinha de 14 anos/ começou a meter a mão nos peitos de uma vadia de sovaco cabeludo.

Fiquei puto, perdi o controle, não quis nem saber. Ando meio de cabeça quente, é muita porrada, muita encheção de saco. No trabalho, na rua, na praia, porra — outro dia uma bichinha careca veio reclamar do som que eu estava ouvindo. Na praia, porra, lugar público, cada um faz o que quer. Tem vezes que não dá pra segurar. Aí depois vem o cara tirar minha paz no meu bar. Não dá, não pode, não pode. Quando vi que ele estava me recriminando, o sangue subiu, subiu que subiu. Logo ele, um: viadinho louro com short arrochado na bunda e camisa larga, aberta no peito/ crioulo metido a gente, cabelo cheio de trança, falando em universidade/ venezuelano morto de fome que vem encher o saco por aqui.

Não tenho paciência pra ficar ouvindo merda. Nem vi direito, levantei dando porrada, peguei uma cadeira, botei em cima da minha cabeça e taquei com força no filho da puta. Qualé, pra cima de mim, não. Ninguém mais respeita ninguém nessa porra desse país. O cara nem viu quando quebrei a cadeira na cabeça dele. Quem manda ser babaca, beber de costas pra rua, ficar rindo de sacanagem? Ele deu uma balançada, conseguiu apoiar um braço na mesa, não chegou a desabar. Ainda ameaçou reagir. Um amigo dele tentou apaziguar, o que que é isso, pra quê? Pra que isso é o caralho, corre pra não morrer também, filho da puta. Era ele ou eu. Tudo é assim, né? Ou a gente bate ou a gente apanha.

Melhor bater do que apanhar, tô cansado de apanhar, de tomar volta, de levar esporro de chefe babaca, de passarem a mão na minha bunda. Não tenho paciência pra tanta merda, tanta bagunça, tanta roubalheira, tanta putaria. O outro cara saiu correndo, disse que ia chamar a polícia. Aí eu não sabia se batia ou se ria. Chamar a polícia, muito burro, muito mané. Continuei a dar porrada no filho da puta. Ele tentou reagir, pegou a garrafa da cerveja e tentou bater com ela na minha cara. Ah, pra quê? Como assim, bater com garrafa na minha cara? Que aprendesse. Aqui não é lugar de: elogiar quem não trabalha e vive de esmola do governo/ falar mal de polícia/ defender bandido.

Tománocu, eu hein. Nem em casa eu tenho paz, nem em casa. Toda hora minha filha vem com conversa esquisita, umas coisas que nem entendo, mas só diz e repete que a gente está errado, eu e a mãe dela. O tempo todo. Errado, errado, errado. Errei foi na criação dela, se tivesse dado mais porrada não tinha ficado assim. Cansei de aguentar, de aturar. Quando ele partiu pra cima de mim, dei um chute no saco dele, que se dobrou todo, deixou cair a garrafa, que se espatifou no chão. Quase fiquei com pena, o chute pegou em cheio, deve ter doído muito. Mas ninguém tem pena de mim, porra, não sou eu que vou ter pena dos outros. Ainda mais um cara como aquele, um dos que me foderam muito, me sacanearam a vida inteira. Eles, sempre eles, os mesmos. Aqueles que riem, que riem muito. Aquele jeito, aquela marra. Marra de quem: estudou em escola boa/ nunca andou de trem/ viajou de avião no colo da mãe/ vai na Europa como eu vou na esquina/ fala bonito, cheio de letra e dente na boca.

Lei da selva, pá-pum. E aqui não tem patrão, deputado, senador, juiz, traficante, o caralho. Aqui o rei sou eu. Catei um pedaço da garrafa quebrada, peguei pelo gargalo, com vontade, enfiei aquela porra na perna dele, rasguei sem dó, abriu uma xereca no meio da coxa, foi pra tirar sangue mesmo, o chão do bar ficou vermelho. Aí ele desistiu, começou a gritar, a chorar, a pedir pra eu parar. Nisso vieram uns caras, uns camaradas, que me deram uma segurada, deram uma ideia, falaram comigo, disseram pra eu deixar o cara ir embora, que ele tinha recebido a lição, tinha aprendido a: respeitar território dos outros/ não falar merda/ não reclamar de quem está certo/ não ficar de babaquice/ não dar palpite sem ser chamado.

Parei de bater, dei uma cusparada na cara dele, deixei que ele se arrastasse pra fora, foi todo torto, puxando pela perna, gritando feito porco. Que voltasse pro canto dele, pro lugar de onde veio, pro lugar que eles não me deixam ir. Que ficasse com: as piranhas dele/ os machos dele/ a faculdade dele/ os livros dele/ aquelas conversas dele. Que ficasse com a puta que o pariu. Isso aqui é meu bar, minha rua, meu bairro, meu país. Essa porra é minha, porra.

Sabor a mi

Era mais do que previsível. Todo dia, ao meio-dia, você aumentava o volume do aparelho sintonizado naquela rádio que transmitia música e informação para ouvir apenas um determinado bolero, anunciado por notas agudas dedilhadas com rapidez no violão. Em seguida, emergiam dois acordes, uma deixa para a entrada da cantora. Um bolerão clássico, daqueles capazes de fazer com que cotovelos doloridos ganhassem força suficiente para romper todos os tampos de mesas de bar entre a Patagônia o Rio Bravo del Norte.

O engraçado é que o pessoal do trabalho não estranhava, não reclamava de alguém, ainda mais uma estagiária, cumprir todos os dias o ritual que espalhava música, a mesma música, por todo o escritório. Ninguém parecida ficar irritado com aquela previsível invasão — estava precificada, como diriam os jornalistas de hoje em dia. O rádio ficava por ali, meio largado, murmurando notícias e canções ao longo das manhãs e das tardes, era difícil que alguém prestasse atenção no que era dito e tocado. Menos você, que ao meio-dia espalhava pelo ambiente o doloroso lamento que revolvia um amor encerrado: *Tanto tiempo disfrutamos de este amor/ Nuestras almas se acercaron, tanto así.*

Uma vez, sem que eu perguntasse, você declinou o nome dos intérpretes, Eydie Gormé e Trio Los Panchos. Do grupo eu ouvira falar, associava-o a outras canções mexicanas, à breguice que tanto caracterizava aqueles sujeitos de roupas coloridas, sombreros e uns bigodes de personagens de Nelson Rodrigues. Nunca soubera da cantora, cujo nome por tanto tempo escreveria de forma errada. Pensava em algo como Eddie Gourmet, que remetia a nome de margarina: Eddie Gourmet, com ou sem sal, indispensável no seu lar. Lembro que você ficou puta quando imaginei um comercial em que Eddie, nua numa daquelas cozinhas de filme americano, era lambuzada de margarina pelos integrantes do Los Panchos.

Apesar da minha implicância, admiti, depois de algum tempo, que passara a gostar de *Sabor a mi*, o nome da canção. Você ficou feliz, ar de quem vencera pelo cansaço. Usou o bolero para apoiar uma de suas teses, a importância de brasileiros passarem a se identificar com o resto da América Latina, não haveria saída política sem uma integração de nossos povos, mesmo a luta contra as ditaduras que ainda manchavam nossos países dependia dessa parceria. Era muito comum na época encontrar jovens de esquerda no nosso meio, mas era improvável que um deles tivesse uma preferência estética como a sua. Ponto pra você.

Não bastaria apenas consumir Piazzolla, Borges, Neruda, Gabo, Frida, Gato Barbieri, latino-americanos chiques. Você insistia na necessidade de mergulharmos num sentimento mais profundo que nos une aos hermanos, e que tanto se manifesta em canções e filmes arrebatadores, melosos, repetitivos, sentimentalóides, retumbantes e trágicos. Os cubanos sabem disso, você frisava, tanto que adoram Roberto Carlos e Nelson Ned. Cantores que, incapazes de dar declarações contra o regime militar brasileiro, eram ícones entre aqueles barbudos; carbonários conscientes de que, por essas terras americanas, não se fazia revolução sem batom vermelho, toques frenéticos de bongô, doses cavalares de sofrimento amoroso, media luz e rum barato. A busca da redenção exigia que fôssemos ver comédias simplórias como as de Cantinflas, que levavam multidões aos cinemas. Em breve — você completava, numa tentativa de justificar outras preferências — eles, os que fizeram triunfar a luta contra o imperialismo, descobrirão também a importância da maconha na luta contra o racismo e o preconceito dos estadunidenses. Na sua concepção estético-sensorial-revolucionária, Fidel e seus camaradas trocariam os puros por baseados.

Naquele início dos anos 80, você acreditava no poder dos boleros e na revolução, crenças que sequer faziam cócegas no meu ceticismo. Ainda fingia irritação quando eu, pra sacanear suas esperanças insurrecionais, previa a tomada do poder em alguma capital do continente — digamos, Assunção — por revolucionários vestidos de mariachis, armados com guitarrón e vihuela secundados por dançarinos de tango, criadores de lhamas e liderados por um Macunaíma que não cessaria de alardear sua preguiça. Uma revolução paraguaia, autêntica como o uísque que nossos vizinhos mandavam para cá. Assim, nem eu vou conseguir te livrar do paredón, você retrucava. Quem diria que, apesar de todas as minhas provocações, você tomaria a iniciativa de me beijar. Isso, com a desculpa de calar minha boca logo depois de, bêbado e fumado, num acampamento em Mauá, eu ter berrado que Marx se arrependeria de sua obra se tivesse como saber se, neste fim de mundo, sua tão sonhada revolução seria embalada por guarânias e boleros de puteiro. Mas que se fodessem guarânias, Mazzaropi, Libertad Lamarque, Carlos Gardel, Agustín Lara, Ernesto Lecuona e Teixeirinha. Por um novo beijo e uma nova trepada eu não vacilaria em ouvi-los e vê-los muito mais, pelo resto da vida, hasta el triunfo de la Revolución, compañera.

Mas a revolução, você me ensinou e provou, não tinha nada de estática, o processo era interminável, incerto e sinuoso como grupos de guerrilheiros fazendo seus próprios caminhos pelas matas. Nosso estágio acabou, cada um foi para um lado. Ainda nos vimos uma ou outra vez, numa delas, meu aniversário, você me deu um LP de Eydie Gormé e Trio Los Panchos — disco que era aberto com a gravação de *Sabor a mi*. Tratei de ouvi-lo, de decorar a letra da sua canção, de entender que o tal sabor era o que, passados tantos anos de uma separação, persistia na boca dos ex-amantes, espécie de praga lançada aos ares por um dos integrantes do casal. Tempero amargo, doce e marcante, que resistiria até mesmo à morte: *Pasarán más de mil años, muchos más/ Yo no sé si tenga amor la eternidad/ Pero allá, tal como aquí/ En la boca llevarás/ Sabor a mí.*

Nossa eternidade não durou tanto assim. Você foi embora, sumiu, soube que teria se mudado para outra cidade, outro estado. Que teria se envolvido com campanhas políticas infladas pelo seu fermento revolucionário. Alguém me disse que, entre uma eleição e outra, você cumprira o ritual de casar, procriar, separar, casar de novo, mais ou menos como eu fiz. Eu fiquei por aqui, também segui um caminho compatível com aquele que traçara lá atrás. Mas, por sua causa, eu, tão focado em carreira e em trabalho, passei a prestar mais atenção nos rumos do país e no caminhar da história, compreendi melhor quando você me dizia que nossa vida particular não era descolada do que ocorria no país naqueles anos complicados, mas tão cheios de esperança. Pensei muito em você quando Caetano lançou um CD com músicas de outros países da América Latina, recuperou e reinventou aquelas canções, uma beleza que você nunca ignorou. Lembrava de você sempre que esbarrava numa passeata, num comício, imaginava sua reação nas derrotas — foram tantas — e nas vitórias. Sofri mais por você do que por mim em meio aos questionamentos, ao desmonte, quando uma vã possibilidade de futuro se transformou em atalho para uma volta ao passado. Queria ao menos ter comemorado alguma vitória com você e, depois, ficado ao seu lado na hora em que tudo começou a cair, quando o ar começou a faltar. Não largaria sua mão se ela estivesse ao meu alcance.

    Hoje vi seu nome num pequeno texto publicado no pé de página de um jornal paulista. Falava de sua militância, dos projetos realizados, dos perrengues em que você se meteu — sem-terra, sem-teto, sem isso, sem aquilo. Eu não conseguiria imaginar que você teria disposição para participar de tantos enredos. Os três parágrafos não davam muitos detalhes, citavam os primeiros sinais da doença que ainda mataria centenas de milhares entre nós, sua internação em hospital público, o carinho de enfermeiras pela paciente — a "Companheira", como era chamada — mais preocupada com outros doentes do que com a própria saúde. Li que apenas um pequeno grupo foi autorizado a ficar alguns minutos no seu velório, que eles cantaram trechos de antigas canções revolucionárias e de protesto. Músicas que falavam em bandeira vermelha, em fazer a hora, no amanhã que haveria de ser outro dia. Pena que não soube, mas mesmo que tivesse sido avisado não poderia comparecer àquela despedida. Foi melhor assim, nenhum de seus ex-companheiros entenderia quando eu, choroso, começasse a puxar um bolero diante do seu corpo sufocado.

Agradecimentos

Thaís Velloso não economizou carinho e competência para revisar este livro e sugerir mudanças fundamentais em sua estrutura. Flávio Izhaki fez observações valiosas e apontou novos e decisivos caminhos para a ordenação dos contos. Mais uma vez, Marcelo Moutinho foi um leitor atento, um crítico essencial. Alberto Mussa e Marquinhos de Oswaldo Cruz me deram uma pra lá de valiosa consultoria nos contos Saudação e Quando o samba acabou. Valéria Martins guiou meus náufragos até a Malê, onde foram muito bem acolhidos por Vagner Amaro e Francisco Jorge. A todos, muito obrigado.

Esta obra foi produzida em Arno pro light 13 para a Editora Malê
e impressa na RENOVAGRAF, em São Paulo, em agosto de 2023.